箕崎准
ill.塩こうじ

The girl I met on
a matching app was my student.

マッチングアプリで

出会った彼女は俺の教え子だった件

さくらん 23
#恋人がオタクでもOK
#好きになると一途
#アプリ初心者
#ファッションが好き
#料理が得意
自己紹介
はじめまして！プロフィールを見ていただきありがとうございます
女子大を卒業して、今は都内でアルバイトをしながら保育士を目指して勉強中です
私自身が夢に向かって頑張っている最中なので、目標に一生懸命な人がタイプです
マンガやアニメを見るのが好きで、土日には映画を見に行ったりもします！　好き…

MYU♡ 26
#年齢が近い人と出会いたい
#一人の時間も大事
#一緒にお酒を飲みたい
自己紹介
こんにちは。
良い出会いがあればと思ってアプリを始めました。元々は都内でOLをしていて、今は転職活動しながら自分探し中。そのせいで芯があって自立したしっかりした人がカッコいいなと思います笑。休日は日頃の疲れを癒やすために、一人でカフェに行った…

……もしかして、
意識してる？

私は明日、
特に用事が
ないんだけど…♥

Contents

The girl I met on a matching app was my student.

マッチングアプリで出会った彼女は俺の教え子だった件

箕崎 准

GA文庫

カバー・口絵　本文イラスト
塩こうじ

プロローグ ―― Prologue

「恋愛の真の本質は自由である。」
（シェリー　1792〜1822）

0

この国において、春は「恋の季節」と言われる。

いくつもの出会いと別れが交差して、
そこにいくつもの恋が生まれるからだろう。

どこにでもある、ありふれた恋の物語。

でもそれは誰《だれ》かにとって、
とても大切な、たった一つの恋の物語。

俺《おれ》たちだって同じだ。

たくさんの祝福の声が届く中、
多くの試練を乗り越えた俺たちは
今日、この場所で結ばれる。

鐘の音が響く、この白い教会で――

1

新学期が始まり、満開を迎えた桜が散ってしばらくした頃。
ゴールデンウィーク最終日の昼下がり。
ガタンガタンと揺れる、みどりの山手線の車内に俺はいた。
目的の場所は、待ち合わせスポットとして有名な渋谷《しぶや》ハチ公前。

駅に着いた俺は多くの若者たちで賑わうその場所で、そわそわとしながら一人の女性を待っていた。

文字だけではずっとやり取りをしていたとはいえ、今日、初めて会う相手だ。

あと二分で約束の時間であることがスマホの時計でわかる。

そわそわが止まらない中で、彼女の写真を確認。

マッチングアプリTWINS《ツインズ》で知り合った二十三歳。

仄《ほの》かに茶色く染まったふわふわの髪で、年齢よりも少し若く見える可愛《かわい》らしい顔立ちをした「さくらさん」さんのバストショットが、スマホには映し出されている。

俺が何度もスマホと周囲を見比べるようにして、さくらんさんの姿を探し続けていた中でのこと。トントンと、指で突かれるような感触を背中に受けた。

続けて、掛けられた声。

「しゅうさん、ですよね？」

反応して振り返ると、仄かに茶色く染まったふわふわの髪をした、可愛らしい少女がそこに立っていた。

「あっ、やっぱりしゅうさんなんですね」

少女は唖然《あぜん》とする俺に向けて、右手の五指をぱっと開いて、手のひらを見せつけてくる。

とても嬉《うれ》しそうな表情だ。続けて、

「はじめまして、さくらんです」

名乗って、にこりと微笑んだ。可愛い。まるで二次元の世界から飛び出してきた、美少女JKそのものみたいだ。甘くていい匂《にお》いもしそう。

（いや、そのものみたいっていうか……）

当然、マッチングアプリで見たプロフィール写真そっくりだし、可愛いのも同じだ。でも目の前のさくらんさんは、写真のさくらんさんよりも、ずいぶんと若く見えて――

2

それは一ヶ月と少し前のこと。

桜が咲き始めた三月の終わりのことだ。

カシャリ、カシャリ……と休日の夜、寝る直前の二十二時過ぎに、俺はスマホのインカメラで自撮りを繰り返していた。

「うーん、イマイチかな……」

前髪と笑顔が微妙な気がする。前髪を手で直して再び笑顔をつくり、カシャシャシャシャシャシャ！

今度は連写機能を使って撮影。

いい感じで撮れているものを選択することにする。

「うーん、これにするか」

メガネをかけたサブカル系。ちょっとした雰囲気イケメンに見えるものだ。明るさやコントラストなどを少し弄《いじ》れば、すぐに満足いく写真になった。

「うん、これでいいだろ。たぶんだけど」

俺から大きく外れているわけでもないが、いつも鏡で見る俺よりもいい感じだ。

そんな俺こと高校教師・木崎修吾《きざきしゅうご》（26）が、1LDKの自宅賃貸アパートの部屋の短く狭い廊下で白い壁をバックに、なぜこんなガラにもないことをしているのかといえば、全《すべ》ては昨日の土曜日の夜に遡る。


とある居酒屋チェーンの個室で行われた、男三人での飲み会でのことだ。

「実は俺、結婚するんだ」

乾杯の直後、袴田《はかまだ》が衝撃的な告白を繰り出してきた。この場にいる俺以外の二人、袴田とヤナこと青柳《あおやぎ》は大学時代の同期で、同じ教職課程に進んだ仲だ。

卒業後はヤナが小学校、袴田が中学校、俺が高校と、場所も年代も異なる教育機関に赴任《ふにん》することになったとはいえ、こうしてたまに集まり、情報交換がてらに飲んでいる。

とはいえ、袴田に彼女がいることすら知らなかった。結婚するという告白が衝撃的すぎて理解を拒み、数秒、思考が凍り付いてしまったくらいだ。

「話があるっていうから何かと思ったが、まさか、結婚とはな……」

俺と同じくヤナも驚きの表情を見せている。

「相手は同僚の教師か？　まさか、生徒の親に手を出したんじゃないだろうな」

「んなわけあるか！　俺には不倫の趣味も未亡人趣味もねえ。生徒の母親、巨乳系未亡人に惚《ほ》れてるのはお前だろうがヤナ！」

ヤナの言葉を受けて、すぐさま袴田はツッコミを入れた。

「ちなみに同僚でもねぇよ。相手は同じ年齢《とし》のOLだ。いわゆるSE、システムエンジニアってやつでさ」

「同じ年齢《とし》のSE？　どうやって知り合ったんだ？」

「ちょっと待ってくれよ」

思わず訊《たず》ねた俺の言葉を受けた袴田は、待っていたというようににんまりと笑みを浮かべて、スマホを弄り始めた。いったい、なんだというのだろう？

しばらくして、画面を俺たちに見せつけてくる。

「これに登録したんだ」

白い画面に「TWINS」という文字が表示されたかと思えば、すぐに女性の顔のサムネイルがたくさん並べられている画面に遷移する。それを見たヤナが眉《まゆ》を顰《ひそ》めて、

「デリヘルのサイトか？」

「んなわけあるかっ。マッチングアプリのサイトだよ」

「マッチングアプリ？　それっていわゆる、出会い系ってやつだよな」

続けてヤナが訊ねると、画面は男の顔写真のサムネイルに変化した。

「う〜ん、それは違うんだ。ＴＷＩＮＳは『出会い系』とか『恋活《コイカツ》』ってよりも、いわゆる『婚活向け』のアプリでさ。これで俺はひろちゃんと出会ったんだ」

「ひろちゃん」

思わず俺は名前を繰り返してしまう。

どうやらその名こそが、袴田が結婚する相手の名前のようだ。

「どんな女なんだ？」

ヤナが訊ねると、袴田はにんまりと口元を緩めて、

「見たいか？」

「もったいぶるなよ」

「わかったわかった。見せてやるよ」

ヤナに言われて、再びスマホを弄り始める袴田。

袴田が結婚するのは、いったいどんな女性なんだろう？

他人事なのに、気になってドキドキする。

「ほれ、ひろちゃんだ」

すぐに袴田がスマホを見せつけてきた。公園で二人の男女が顔を寄せ合い、インカメで自撮りをしている写真がそこには映し出されていた。

「うわ、カップルっぽい」

すぐに声をあげたヤナと、俺の感想も同じだ。

リア充感が溢《あふ》れてやがる。

爆発《ばくはつ》しろってやつだ。

「それに、メガネっ子じゃないか」

「確かにSEっぽくもあるな」と俺に青柳が続ける。「しかも、お前好みのロリ顔じゃないか」

「まあ、そうだな。好みばっちしってやつだ」

満足げに袴田は答えた。

可愛らしい顔立ちをした、ポニーテイルのメガネっ娘。芋っぽいところもあるが、袴田が好きな声優もこういうタイプだったので、本当に好みばっちしなのだろう。

「出会ったのは半年前でさ。身長も148㎝って書いていた通り、会ってみるとちんまくて可愛いくて、話をしてみても、ゲームが好きだったり、アニメが好きだったり、話もあってさ」

しかもひろちゃんは、残業続きの仕事に限界が来ていたらしい。

このままでは自分がダメになりそうと感じて、精神的な拠り所みたいなのが欲しく、マッチングアプリに登録したのだとか。

「そんでさ、俺と同じように結婚願望もあったみたいで、トントン拍子で話が進んだんだ」

「お前、結婚願望あったのか……」

思わず俺がそう漏《も》らしたのは袴田からそんな話を聞いたことがなかったし、アニメやゲームの世界の二次元美少女や、2・5次元といってもいいコスプレイヤーや声優などだけが大好きなガチオタだと思っていたからだ。

「元々、子供は好きだったしな。もちろん、ヘンな意味でなくてだぞ」

「いや、ヘンな意味でもだろ」

なにせ袴田は学生時代、小さな女の子のキャラクターが大好きで、ロリコンだとか駆逐艦専門だとか言われていた。キッズ向けのニチアサアニメも大好き。絶対に小学校や中学校の先生になっては駄目だとも内輪で言われていたほどの猛者《もさ》なのだ。

「それに担任を持つようになって、仕事も忙しくなってたし、このままじゃ子供どころか、結婚だって出来ないって思ってさ」

多忙な中学教師なんかやっていたら、適齢期の女性との出会いなんて限られるし、ここ数年、世界的な感染症のパンデミックだのいろいろあって、新しい出会いの機会《チャンス》がなくなっていた。

「異業種交流会——合コンなんかも開催されなくなっていただろ」と袴田は言う。

俺はそういうのに参加しないからよくわからないけれど、その通りであることは学校の他の先生の話などで知っている。

「それに俺たちの世代で結婚してるのって、大学から付き合ってたとか、子供の頃からの幼馴染みとか、そんなのばっかりじゃないか」

「……確かにな」とヤナが袴田に同意を示す。教職についた者に限らず、それが周囲での現実なのは事実だ。若者の未婚率も右肩上がり。世間的にも同じだろう。

「だからこそ、このまま『運命の出会い』なんてやつをただ待っていても、十年、二十年と過ぎて、年をとっていっちまうと思うと、焦《あせ》る気持ちになってきてさ。そしたら結婚はもちろん、子育ても大変になるだろうし、出来ることなら一人じゃなくて、二人、三人子供も欲しいし、だったら、早いほうがいいと思ったんだ」

そういや疑似を含め、家族をつくるアニメなんてものも、袴田は好きだった。

『CLANNAD』は人生ってやつだ。

彼は一人っ子で、幼い頃に両親は離婚しているとも聞いている。つまるところ、家族というものが憧《あこが》れではあるのだろう。

「ということで、マッチングアプリに登録してみたってわけだ。いいぞ、マッチングアプリは。なにせこの俺に、運命の恋人が出来たんだからな」

「で、その運命のひろちゃんに出会うまで、何人くらいと会ったんだ？」

「だいたい十人くらいかな」

「つまりそれ、全員とデートしたってことか？」

「ヤったのか？」

「付き合うような形になったのは三人だけど、ヤったのはひろちゃんだけだっての。メッセージのやり取りだけしたってなら、かなりいるぜ。マッチングアプリの攻略サイトを見る限り、はじめてデートした相手と結婚とかいうのもあるみたいだが、俺くらいが普通っていうか……」

「もしかして修吾、興味あるのか？」

「え……？」

興味本位で訊《き》いただけだったのだが、そう訊ねられると困ってしまう。

興味は……ないとはいえない。

「未亡人ラバーのめぞん青柳はともかくとして、お前は気になってるやつとかいるのか？　聞いたこともないけど」

気になっている女性。

それは――

「今は……いないようなもんだけど……」

まともに恋愛らしい恋愛をしたのは中学三年生の時。

それ以来はしてないも同然の人生を送ってきた。

「だったらいろいろ教えてやるから、使ってみるといいと思うぜ。なんてーか、現代のお見合いみたいなもんだしな」

ぐびり、と目の前のお猪口《ちょこ》に入っていた日本酒を一気に飲み干して袴田は続ける。

「なにせ俺がやってたTWINSは会員数2000万人。俺が始めたのも、今や結婚するカップルの約20％がマッチングアプリがきっかけだってニュースを見たからだし、つまりは時代によって、恋愛の形なんて変化するものってわけだ。『お見合い結婚』の時代から『恋愛至上主義』の時代になってからだって、まだ百年も経《た》ってねえんだしな」

「おっ、さすが歴史の教師！」

ヤナが茶化したとはいえ、袴田が言うことには一理あるだろう。

俺が教えてる現代文や古文などでも、書かれた時代によって、恋愛の形や結婚までのプロセスは変わっている。

つまるところ、恋愛の本質なんて自由。ルールなどはない。時代や人によって、いろいろな形があるということなのだろう。

そんなことをイギリスの女性作家・シェリーだって言っていた、ような記憶がある（名作『フランケンシュタイン』を書いた作家だ）。

「でもセルラン上位ってことは、金かかるんじゃないのか？」

「普通に使えば、月四千円くらいだな。そんくらいなら払えるだろ？　ソシャゲの十連ガチャ一回と少しくらいのもんだ」

「四千円なら、確かにそうだけどさ」

学生時代の四千円といえばそれなりの大金だったが、今は違う。ガチャ十連とちょっとなんて、飲み会一回分程度の金額だ。

「今ならちょうど新年度に向けてのキャンペーンがやってるから、入会金も必要ない。お試しで三ヶ月プランが一ヶ月ぶんの料金で利用も出来る。つまるところ、やるなら今でしょ！　ってわけだな」

「……あまりに宣伝口調すぎて怪しいぞ。どこの塾講師だよ、お前は」

「中学校教諭だよ。怪しくもねぇって。SNSで流れてくる、オタク向けのやつとか、なんか怪しそうなやつもあるけどさ。俺が紹介してるTWINSは、俺が結婚出来る通り、ちゃんとしたやつだ。いわば、幸せのお裾分《すそわ》けってやつだな。がははは」

ヤナの言葉を受けて、高笑いをする袴田。その笑みは恋愛市場の勝者のもの。勝ち誇った大人の笑みであるように、俺には見えていた。

「いいからほら、ダウンロードして登録しろって。興味あるんだろ？」

それは――ある。

実際、袴田の言う通り、教師を始めてから自由な時間がそんなにあるわけじゃない。

新学期からは担任を持つことになるし、更に忙しくなるだろう。

ここ数年、出会いが減っていたのも事実。周囲で結婚しているのが大学時代の彼女や幼馴染みばかりというのも事実だ。

一応、学校に一人、年齢の近い女性がいるとはいえ、一つ年上の美人の女性教師――俺にとっては高嶺の花だし、同時期に赴任《ふにん》した同年代の体育教師、加藤《かとう》先生が一目惚れしていて、一方的な恋バナを何度も聞かされている。

その邪魔をする気はないし、そもそも俺が付き合える気はしない。

(まあ、加藤先生も付き合えるとは思えないんだけど……)

他に周囲の女性といえば生徒の親くらいしかいないが、無論それはリスクが高すぎる。初めての相手が処女じゃないとイヤだみたいなのはないが、子持ち未亡人は今のところ無理という気持ちしかない。今の俺には重すぎる。もちろん略奪愛など論外だ。

「そもそもさ、恋愛なんてまともに出来るのは学生のうちだけ。大人になったら、どうしても打算とか入ってくるわけでさ」

袴田がしているのは、結婚を意識するからこそ、相手がそれに対してどう思っているかわからないからこそ、恋愛に躊躇してしまうところがあるという話だ。

好きになっていいのかすらわからない。

でも、マッチングアプリはそうではないという。

「ならＴＷＩＮＳが一番だぜ。互いに恋愛を求めるわけだし、可能性があると意思表示をしてるわけだし、ステータスもある程度出してるわけだしな。その後の話も早いってわけだ」

確かにその通りな気はした。

もういい年だし、俺もそろそろ童貞だって捨てたい。

もはや昔読んでいたマンガやラノベの続編が、主人公の子供世代の話になっていたりする状況なのだ。俺だってそろそろという気持ちがある。

それに同じような位置取りというか、自分よりも後方に居たと思っていたガチオタ袴田に先に行かれて、焦る気持ちも出てきているのも確かだ。

「ちなみにだが、ひろちゃん曰《いわ》く、公務員は今の時代でもモテるらしいぞ。結婚を狙《ねら》っている相手にはな。何が起こるかわからない今の時代、安定が一番ってわけだ。少子化とはいえ、教師は……ＡＩにそのうちかなり淘汰されるかもしれんが、完全になくなることはないだろ。婚活市場という戦場ではかなり有利。だから修吾は早くダウンロードを――」

「わかった、わかったって」

酔った勢いもあって俺はＴＷＩＮＳをダウンロード。

「じゃあ、俺もやろうかな」

「「マジか⁉」」

ヤナの言葉を受けて、思わず俺たちは声を揃《そろ》えてしまった。

「だって、年上の未亡人とマッチすることだってあるかもしれねえんだろ？　生徒の親よりはいいじゃねえか」

まあ、確かにそれはそうだろう。

それなら問題にもならないだろう。

「ええと、よし。なら二人ともダウンロードが終わったら登録だ。そういやお前ら、フェイスブックはしてたっけ？」

「してないけど……」

「俺もしてない」

俺に続けてヤナも答える。

「なら、メールでもいい。ガイドに従って登録しろ」

「今やるのか？」

「ダウンロードが終わったら、俺が教えてやるからさ。家に帰ったらやらないかもしれないし、今やれって」

「ええと……ダウンロード終わったけど」

「じゃ、プロフィールの入力を始めろ」

言われた通りに俺はガイドに従って、名前や生年月日を入れていく。

「これ名前って、書いてる通りニックネームで、本名じゃなくていいんだよな？　ほら、身バレとかあるし、俺、一応教師だし……」

「ニックネーム使ってるのが普通だな。お前の言う通り、本名でやってたら、ネットで検索されて身バレとかあるやつもいるわけだし。ニックネームなのが問題になってマッチしづらいとかは、基本的にないはずだぜ」

そう袴田がいうならと、ニックネーム名は「しゅう」にした。

ゲームなどでも使っているものだ。

本名からはきているが、これで簡単には身バレすることはないだろう。

「……ってこれ、身長も入れたりするもんなんだな」

「年収や職業も入れたりするとこもあるぞ。タバコを吸うかとか、一人暮らしかどうかとかな。異性が気にするものが当たり前だけど多いんだ。ほら、こどおじや人権なしのホビットは嫌《いや》って女もいるだろ?」

こどおじにホビットって……。

ちなみにこどおじは子供部屋で暮らしているおじさん、人権なしのホビットは身長170㎝以下の男性実家暮らしを揶揄《やゆ》するネットスラングだ。

ちなみに俺はギリギリでホビット回避。わずかなところで人権を有しているし、一人暮らしなのでこどおじではない。ペットもいないので、「一人暮らし」を選択する。

「他にも既婚歴の選択や、いつごろ結婚したいかもあるぞ」

もちろん俺は未婚を選択。

でもっていつごろ結婚したいかの選択肢は「すぐにでもしたい」『2～3年のうちに』『いい人がいたら』『相手と相談して』『わからない」の五つがあった。

うーん、と迷ったけれど「相手と相談して」にすることにした。自分だけで決められるものでもないし、相手に合わせることにしよう。

「タバコは吸わない……と」

「俺も俺も」とヤナ。

「今の時代、ヤニを吸う若い女性は少ないし、それはプラスポイントだな」

「いちいちうるせえよ。師匠かよ、お前は」

ヤナの言葉に、思わず俺は苦笑してしまう。

本当にその通りに思えたからだ。

「ともかく、それで自分の方の選択は終わりだ。次は好みの女性のタイプを選択だな。下は何歳から上は何歳までかとか、どこに住んでる人がいいかとか、そういうのだ」

下は……「18」からあるようだ。

（とりあえず、「18」からでもいいかな……？　いや、やっぱり「20」くらいか……？）

迷ったところで、訊ねてみることにした。

「これって、あとからでも変えられるのか？」

「変えられるぞ」

それならとりあえずと「18」から……一歳上までにしておくことにした。

「青柳は何歳までにしたんだ？」

「35」

ほぼ十歳年上。

さすがめぞん青柳、範囲が広いなやっぱり。

次の住んでいる場所は「東京近郊」にして……。

それからも俺たちは選択肢と格闘を続けて――

「よし、あとは写真だけで設定完了だ」

「じゃあ、ピース！」

「ピースじゃねえよ」

片手でピースしたヤナに、すぐさま袴田がツッコミを入れた。

「じゃあ、ダブルピースか？」

今度はヤナはダブルピース。

もちろんアへ顔だ。

「――ったく、ふざけんなっての。顔写真は、本当に一番大事だと言っても過言じゃねえ。『人は見た目が9割』って本もあっただろ。そんな酔っ払った状態じゃ無理だな」

「そこはマジレスするのな」

「なにせ師匠だからな」

俺に向かって嬉しそうに微笑む。

なんだか師匠というのが、袴田は気に入ったようだ。

「そこは身バレとか気にせず、明日にでもちゃんとしたものを撮影することだ。二人とも顔はいうほど悪くないし、いい感じに撮れるようにがんばれ。あとは……そうだな。さっき出てたと思うが、本人確認資料もスマホで撮影して、ちゃんと送っておけよ。二人とも免許は取ってるだろ？　免許証でいいからさ」

袴田曰く本人確認が終わらないと、かなりの機能が制限されるようだ。マッチングアプリが悪用されないように、ということらしい。

つまるところ本格的にマッチングアプリが使えるのは、審査が終わってからということだ。


――と、以上が前日の飲み会での出来事で、俺は今、マッチングアプリの設定の続きを自宅でやっている。

「これで写真の設定完了……っと」

すでに本人確認の資料も運転免許の写真をスマホで撮って送ってある。あとはどちらもチェック待ち（どうやら写真もチェックがあるようだ）。

（……って、もうこんな時間か）

もうすぐ二十三時。

昨日は飲み過ぎたこともあって半日眠ってしまっただけに（マッチングアプリのことも、起きた時には忘れていた。昼過ぎに袴田からＬＩＮＥがあって、した話を含めて思い出したくらいだ）まだあまり眠くないが、明日は月曜日——学校がある。寝坊はもちろんのこと、眠い目を擦《こす》りながら向かうわけにもいかない。

なにせ、明日から新学期。

初担任として生徒たちの前に立つ日でもある。

「ちなみに出会いが一番肝心だ。リアルで会う時はそれを心せよ」

昨日の飲み会で聞いた、師匠・袴田からの初デートのアドバイスだ。それは初担任でも変わらないだろう。

（さすが、婚活市場の勝ち組だけはあるな……）

人生の格言にすらなるとはと、思わず感心してしまったほどだ。

ともあれ、今日はこれくらいにして、明日に備えることにしよう。

「焦っても何もいいことはない。婚活道は一日にしてならずだ」

それもまた先人であり成功者、師匠・袴田の言葉だった。

01

第一章 〉 パネルマジック

「傍観者になるな。ピエロでもいいから舞台に立て」

（作者不明）

1

キーンコーンカーンコーン……

新学期、登校初日の校舎にチャイムが響き渡る。

三時限目スタートのチャイムだ。

すでに一時限目と二時限目で始業式が終わり、クラス分けも発表済み。

ちなみに今日から俺《おれ》が担任をするのはこの月島高校二年の文系コースのクラスだ。

高校教師になって三年目、初めての担任である。

上手《うま》くやれるのかと心のどこかで不安になりながらも、ガラガラと扉を開き、ざわめく教室の中へと足を踏み入れた。

生徒たちがそれぞれ散るようにして、席についていく。

もちろんこれから殺し合いをしてもらうわけでも、「起立、礼！」のあとにロックオンされるわけでもない。

一年の時に授業をした生徒もいるし、すでに講堂で顔見せだって終わっている——とはいえ、やはり緊張はするのものだ。

静まり返った教室の中、落ち着けと自分に言い聞かせながら教壇の前に立ち、まずは挨拶《あいさつ》を始める。

「えー、すでに授業をしたこともある生徒もいるけれど、初めての生徒もいるからな。まずは自己紹介をさせてもらう。さっき講堂で紹介された通り、今日からこの2—Bの担任をする——」

元々人前に立って喋《しゃべ》るのは得意ではなかった。

教育実習の頃はもちろん、この学校に赴任《ふにん》した当初だってガチガチで、よく噛《か》んでしまったものだ。

でも、三年もすれば慣れてくる。

俺は生徒たちに背中を向けて、ホワイトボードに名前を書き始めた。

終わったところで再び前を向いて、

「――木崎修吾《きざきしゅうご》。これから一年、よろしく頼む」

パチパチパチ……

どうやらつかみはオーケーのようだ。

拍手が起きてホッとしたのもつかの間、

「はいはい」と一人の男子生徒が手を上げた。

あてもしてないのに勝手に立ち上がり、

「先生、彼女いるんですか？」と質問をしてくる。

それを皮切りに、

「趣味はなんですか⁉」

「なんかソシャゲやってる？」

「好きなマンガは⁉　アニメは⁉　なんでござるか⁉」

と矢継ぎ早に質問が飛んでくる。

ヤナは婚活は戦場だとか言っていたが、学校だって戦場に違いない。

しかも、相手は高校生。

ごくごく一般的な日本人男性の身長である一七〇㎝そこそこの俺よりも大きな男子生徒もいれば、もはや少女ではなく、女そのものであるように感じられる見た目の女子生徒もいる。

精神面だって、俺よりも大人びているように思える生徒もだ。

自分が昔思っていたよりも二十代中盤の男なんて、精神面も含めて、生徒達と殆ど変わらない。それだけに生徒たちの相手をするのは、もちろん簡単なことではなかった。

とはいえ、あしらい方は知っている。

「先生はアイドルじゃないとはいえ、そんなプライベートの質問を次々にされても困るっての。後々ゆっくりと知ってもらうということで、まずはお前たちのことも少しは教えてくれ。自己紹介タイムだ」

「えー」という不満の声や、「ブーブー」とブーイングが響いた。それらを押し切るようにして、俺は生徒たちに自己紹介を始めさせる。

全生徒三十名少々。

長い自己紹介をする生徒がいれば、短い生徒もいる。

それが全《すべ》て終わって、今日これからの予定を話していると、三時限目終了のチャイムが鳴り響いた。あとは四時限目に教科書を渡し、席替えをして、今日一日の予定は終了だ。

まだクラス委員も決まっていないので、一番右の列に座っている生徒を挨拶役に指名。出席番号一番の会沢さん。去年も現代文を担当していたクラスの生徒だったし、陸上部に所属している女子だ。はきはきとした彼女ならば、ちゃんとやってくれるに違いない。

「はいっ！」

立ち上がった会沢さんは、いかにも体育会系の部活に所属しているだけあって、元気のいい返事をした。

続けて、

「起立、礼！」

「ありがとうございましたー！」の声が揃《そろ》って、最初の授業が終了。

「と、そういえば、あと一つ伝えておくことがあった。そうだな……。会沢さんの次――彩世《あやせ》さんから出席番号順に十人。四時限目の予鈴が鳴ったあたりで、教務室隣の職員会議室に来てくれ。教科書、運んでもらうから」

当然のように「なんで俺たちが」「私たちが」などの、不平不満の声があがる。そんなのはもちろん想定済みだ。

「文句を言いたい気持ちもわかるが、これから一年、やることはたくさんあるんだ。全員、何か教室の仕事をしてもらうからな。ともかく十人、よろしく頼むな」

2

「木崎先生、お茶をどうぞ」

教室を出て、職員室に戻ったところでのことだ。席につくと少しだけ先輩の、ふわふわの髪をした美人教師、雲母坂《きららざか》先生がお茶を出してくれた。

「ありがとうございます。すみません」

「いいんですよ。入学式は明日なので、私、今日は暇ですし」

「あ、そうか……」

雲母坂先生は明日入学してくる一年生の担当なので、今日の授業はない。

「どうでしたか、初担任は？」

「さすがに緊張しました。教育実習の時や、初めてこの学校に来た時とか、初めて授業をした時くらいです」

「確かに、最初の担任だとそんな感じかもしれませんね」

くすりと、雲母坂先生が笑みを浮かべた、そこに「あー、肩こった」と、首を左右に振ってコキコキと鳴らすようにしながら、加藤《かとう》先生が教務室に戻ってくる。

「お疲れさまです、加藤先生。今、お茶入れますね」

「あ、ありがとうございます。雲母坂先生」

お茶を淹《い》れながら、雲母坂先生は話を続ける。

「今ちょうど、木崎先生が初担任だって話をしていたんです。加藤先生はどうでした？　新しい生徒たちは」

「え……いやあ、ははは。さすがに三年はピリピリしてますね。受験って言葉を出したせいかもしれませんが」

わははと笑う。

「まあ、俺は体育教師ですしね。受験とか進路とか、そういうのは疎《うと》いと思われてそうっていうか、実際、それはそうなんですけど……」

「確かに三年生の担任は他の学年と比べて、気にすることも多くて、大変ですからね。はい、どうぞ」

と雲母坂先生はお茶を出して、

「ただそのぶん、一緒に喜ぶことも、新しい旅立ちを見送ることも出来ますから。感慨もひとしおですよ。何か困ったことがあったら、三年生の担任経験ありの、先輩である私に訊《き》いてくださいね」

「はいっ、もちろんです！」

顔を真《ま》っ赤《か》にして答える加藤先生。

ちなみに雲母坂先生は、初めて三年生を見送ったばかり。

つまり昨年は三年の担任だった。

それからは三人とも文系コースの担任とはいえ、文系コースと理系コースの違いなどを話していると、すぐに四時限目、本日最後の授業の予鈴が鳴り響く。

「お、もうこんな時間か」

よいしょと、加藤先生が椅子《いす》から立ち上がる。

「生徒たちも、もう来ていますね」

加藤先生の言葉で教務室の入り口に視線を向けると、確かにまばらとはいえ、生徒たちの姿が見えた。

「教科書の配布ですか？　私も手伝いますよ」

「本当ですか！　ありがとうございます！」

加藤先生はとても嬉《うれ》しそうだ。

明日、俺と加藤先生が雲母坂先生のクラスの教科書の配布を手伝うことを約束したあとのこと、俺と加藤先生は雲母坂先生と一緒に教務室の後扉から出て、教科書の配布場所である隣の部屋、職員会議室へと向かっていく。

すると職員会議室の前の廊下はすでに、多くの生徒たちで溢《あふ》れかえっていた。先んじて、教科書の配布を始めている先生たちもいる。すぐに配布の準備を始めた俺たちのところにやってきたのは、加藤先生のクラスの生徒たちだ。

なので三人で教科書を渡していると、俺のクラスの生徒たちもやってきた。声をかけてきたのは野球部コンビの男子生徒二人だ。

「木崎、教科書はよ～」

「担任を呼び捨てにするなっての」

不満を漏《も》らしながら俺がその片割れに教科書を渡していると、

「はい、どうぞ。落とさないように気を付けてね」と、俺の隣を抜けるようにして、もう一人の野球部の生徒に雲母坂先生が教科書を渡していく。

瞬間、ふわりと揺れた雲母坂先生の髪が鼻先を掠《かす》めた。漂ってくるのはドキドキするくらいに、甘くていい匂《にお》いだ。

「あ、ありがとうございますっ！」

教科書を受け取った男子生徒たちは雲母坂先生にデレデレだった。俺の男子生徒たちももちろんのこと、「雲母坂先生綺麗《きれい》だよね～」「英語教師だけあって、英語ペラペラなんだって」「ああいう先生が担任がいいな～」『私も～』」などという女生徒たちの声も聞こえて来る。

それに関しては、俺も異論はない。俺だって担任は雲母坂先生の方がいいし、俺から手渡されるよりは、雲母坂先生から手渡される方が嬉しいに違いない。

とはいえ、担任である俺が何もしないわけにもいかないわけで、

「ほら、お前たち。無駄口叩《たた》いてないで、教科書を持ってけっての。あと、加藤先生っ……加藤先生っ！」

「はっ……！」

「なにぼーっとしてるんですか」

「はっ、あ……すまんすまん！」

明らかに加藤先生は雲母坂先生に見惚《みほ》れていた。

「はい、加藤先生どうぞ」

「雲母坂先生っ、あ、ありがとうございますっ！」

完全にデレデレである。

それからも俺は加藤先生と雲母坂先生と共に、生徒たちに教科書を渡していく。

八人目で全て渡し終わったが、この場に呼んだのは十人。残る女子生徒二人には、配布するプリントを一緒に運んでもらうことにした。

その二人と共に教室に向かう最中のことだ。

「センセー、ちょっといい？」

ニヤニヤと笑みをつくって一人の女生徒が声をかけてくる。俺のクラスの生徒、手にプリントを抱えている宇崎怜奈《うざきれいな》だ。ブロンドに染められた綺麗な長い髪。制服を着崩している、いかにもＪＫギャルといった雰囲気のＪＫである。

「な、なんだよ……」

相手が先生であれ、気にすることなくからかってくる生徒で、俺はあまり得意ではないタイプだ。それだけに警戒しながら訊《たず》ね返した。すると耳元に唇を近づけてきて、

「さっきさ、加藤センセー、雲母坂センセーにめちゃくちゃデレデレだったよね？　もしかして加藤センセー、雲母坂センセーのこと好きだったり？」

「な――」

完全に図星だった。

というか、耳元に唇を近づけてきた割に大きな声だった。

加藤先生は側にいないからいいけど。

「さくっちもそう思わなかった？　思ったよね？」

と、隣を歩く彩世さんにも同意を求める。

さくっちというのは、宇崎さんと同じくプリントを抱えている彩世さんの名前、咲来《さくら》からきたあだ名だろう。

そんな彼女は宇崎さんとは大違い。黒髪お下げでメガネをかけた、いかにも文学少女風の、大人しく、清楚《せいそ》な感じに見える女生徒である。

「え？　ええと……思ったかも……」

「だよね～、さくっちも思ったって！」

いかにもJKギャル風の宇崎さんと文学少女風の彩世さん。あまり接点なさそうな二人だけど、かなり親しそうだ。続けて、宇崎さんが訊ねてくる。

「で、木崎センセーはどう思う？　なんか知ってる？」

「なにか知ってるって……」

「だから、加藤センセーが雲母坂センセーのこと、どう思ってるかだって。あっ、もしかしてセンセーも、雲母坂センセーのこと気になってたり!?　めちゃくちゃ綺麗だもんね。男子

でガチ恋してるやつらもいるし」

「いや、それは――」

「あははっ、センセーってば超顔真っ赤！　もしかしてセンセーは、そゆの奥手な方だったり？　もしかして童貞とか？　加藤センセーもそれっぽいけど」

「あのな童貞童貞って、そういう言葉、女子高生が無闇矢鱈《むやみやたら》に使うもんじゃないぞ。彩世さんだって、困ってるだろうが」

　彩世さんに視線を向けると、困ったような笑みを浮かべていた。

「ま、加藤センセーと比べたら、木崎センセの方がカノジョ簡単にできそうだけど。よく見たら可愛《かわい》い顔してるし。マッチングアプリとかやってみたら。すぐにカノジョ出来るかもよ？」

「えっ……」

「あははっ、センセー、なに動揺してんの？　可愛い～♡」

「お前な……」

　それにしても――

（加藤先生……いろいろと、思いっきりバレてるぞ。俺もだけど……）

　心の中で苦笑するしかなかったし、まさかマッチングアプリなんて単語が出てくるとは。

　高校生とはいえギャルは恐ろしい。

　心の底から俺はそう思っていた。

3

新学期が始まって一週間と少し。

TWINS《ツインズ》の写真や身分証の審査に通ってからも一週間と少し。

最初は女性のプロフィールを眺めるだけだったが、互いに「いいね！」をし合わないとマッチしない——つまるところメッセージのやり取りは出来ないので、マッチングアプリの醍醐味を味わっているとは言い難《がた》かった。

野球やサッカー、声優やアイドルの名鑑を見ているのと変わらない気分だ。

でもそんな時間を過ごしているうちに、「いいね！」を押されたという通知が届いて——それは、かなりの量になっていた。

その中で気になる感じの女性に勇気を出して「いいね！」を返し、つながることだってすぐに出来たのだ。

（マッチングアプリすごいな。もしかして俺、いけるんじゃね？）

などと思ってしまったくらいだ。

俺はもしかしてマッチングアプリに向いてたのか？

などと思ったのだが、どうやらそれは気のせいだったようだ。

デートまで進むどころか、メッセージのやり取りは三往復もしないうちにすぐに打ち切られ、次第に「いいね！」も来なくなってしまう。

今のところはまだ、マッチングアプリの醍醐味を味わえていないも同然の状態だ。

いったいどういうことだ、何か悪いのかと思って袴田《はかまだ》にLINEで訊いてみると、アカウント作った直後は新規ボーナスというか、注目される仕組みになってるので「いいね！」は増えるものだということを教えてもらった。

つまるところ初心者狩りというか、誰《だれ》でも良いと思っているやつから「いいね！」が乱発されるというわけだ。

どうやらそれで俺はいい気になっていたらしい。

「マッチングアプリに登録したからといって、すぐにいい相手が見つかるとは思うなよ。何度も言うが、婚活市場は戦場だからな。なにより大切なのは、諦《あきら》めないことだ。諦めなければ、俺みたいに道が開けるはずだ」

馬鹿《ばか》な自分にショックを受けていた俺にそんなアドバイスをくれたのも、もちろん師匠・袴田だった。

なので諦めることなく「いいね！」を続けていると、何人かからは「いいね！」が返ってきた。でも最初の頃と同じく、大半が三往復程度でメッセージは終了。

正直、まだマッチングアプリの醍醐味は味わえてないとしか言いようがない状態だ。

そんな中での学校からの帰り道、最寄り駅側の松屋に寄って期間限定の人気メニュー「ごろごろチキンカレー」を食べている最中に、スマホがポロンポロンと、続けて音を立てた。

学校の教職員や学生時代の友人たちでつくったLINEグループへの投稿か、それとも、誰かからのメッセージか。もしくはソシャゲの通知か臨時ニュースかなどと思いを巡らせながらスマホを覗《のぞ》くとTWINSからの通知であることがわかった。

俺のプロフィールに対して「さくらん」という名前のユーザーから「いいね！」が押されたという通知である。

久々の「いいね！」に、どくんと心臓が高鳴った。

さくらんさん——漢字にすると「錯乱」だなんて、なんか危なそうな感じだけど、きっと「さくら」という名前なのだろう。そうに違いない。

（でもそんな名前の人に「いいね！」したっけ？）

俺に記憶がないということは、俺のプロフィールを見て、さくらんさんが「いいね！」をしてくれたということだろう。

女性から先に押されるのは久しぶりのことだ。

やっぱり嬉しさもあるし、興奮もしてしまう。

さくらんさん、いったいどんな人なんだろう？

綺麗な人だろうか？

運命の出会いだなんて五文字が俺の頭の中で踊っている。

同時に俺のプロフィールにいいねを押してくれる人なんだし、そんな奇特な人がまともなはずないだろう、期待なんてするなと、自分を卑下し、諫《いさ》める思考も浮かんできた。

またすぐにメッセージだって打ち切られてしまうだろう。

なんにせよ、今は食事中。確認するのは落ち着いてからにしようと思うが、もちろん落ち着けるわけがない。

一気に水で流し込むようにカレーを食べ終えて店を出た俺は、すぐさま「いいね」の通知欄をタップ。さくらんさんのプロフィール欄を表示する。

そして名前の隣に表示された、顔写真のサムネイルを見た瞬間のこと。

どくん、と再び俺の胸が大きく高鳴った。

茶色がかったふわふわのウェーブの髪に、どこかあどけない表情。とてもいい匂いがしそうな――そう、どこか雲母坂先生にも雰囲気が似ている女性だ。

「これが、さくらんさん……？」

好みのタイプばっちしだ。

マジでこんな美人が俺にいいねしてくれたのか？

（でも、ちょっと待てよ）

俺はあることに気付いてしまった。

さくらんさんの本当の名前が「さくら」とするとしよう。

さくら――

つまり、サクラ！

これは釣りに違いない。

あまりにも上手くいっていない俺に送られた、客のフリをしている運営側の刺客。

釣られてたまるか、とは思うところもあるけれど――

「…………」

自然と指が動きスクールして、さくらんさんのプロフィールを読み始める。

年齢は俺よりも二歳若い。

いい感じの年齢差だ。

もちろん「未婚」で、結婚は「相手と話し合って」と書かれている。

俺と変わらないのでこれもいい。

地域も同じ都内だ。

しかも自由記述の自己紹介欄には、今は「保育士を目指して勉強中」だと書かれていた。

なにやら子供が好きらしい。

自分は「教師」ではなく「公務員」を選択してあるので、同じ子供相手の職業であると、狙《ねら》って送ってきたというわけではないだろう。

だとしたら、それこそ奇跡だ。

「保育士」と「教師」だなんて、ぴったりとしかいいようがない。

他にも自己紹介欄には、いろいろと詳細に書かれている。

「趣味はマンガを読んだりアニメを見ること」だと書いてあるし、これまたピッタリだ。

同じ趣味を持つ人を探すためのコミュニティ機能をさくらんさんも使っていて、そこで加入している作品には、俺が好きな少年向けのマンガ作品も多い。

まさかこれって、本当に運命の出会いではないだろうか？

そう思ってしまった俺は、思い切って「いいね！」のボタンを押した。

互いに「いいね！」の状態。

これでメッセージのやり取りが出来るようになったというわけだ。

（さて、なんて送ろう……）

「いいね！」をされたとはいえ、こういうのはやはり男から送るべきだろう。

とはいえ、せっかくの機会だし、これまでのように失敗したくない。

それだけに検索エンジンで「マッチングアプリ」「最初のメッセージ」で調べてみたりした。

帰ったらＡＩにも聞いてみるかと思ったり。

そして帰宅をして着替えをしたところで、またスマホが音を立てた。

なんだと確認すると「いいね！」の通知や、さくらんさんのプロフィール写真を見た時よりも、更にまた大きく心臓が音を立てることになった。

『さくらんさんからメッセージが届いています』

という通知がスマホに表示されていたからだ。

最初にどんなメッセージを送るべきかと悩んだのは無駄になったけれど、そんなことはもうどうだっていい。ＡＩにだってまだ聞いてないけど、もちろんそれもどうだっていいことだ。

（どんなメッセージがきたんだろ？）

ベッドに寝転がり、ドキドキしながらメッセージを開いてみる。

はじめまして、さくらんです！
わたしもアプリ始めたばかりですし、
好きなマンガもかぶっていたので
これも運命かと思って、
メッセージを送らせていただきました。
よろしければ、仲良くしてください！

メッセージに続いて、ぺこりと頭を下げているスタンプのようなものも送られてきていた。

（運命――!!）

それは自分も思ったことだ。趣味が似ている、好みのタイプの見た目をした女性との出会いなんて、普通にしていたらなかなかないこと。それこそ運命の出会いそのものだろう。

マッチングアプリ、恐るべしだ！

さっそく俺は返信をすることにした。

メッセージありがとうございます！
嬉しいです！
わたしもプロフィールを
拝見させていただきました。

そこまで書いたところで手が止まった。

保育士を目指しているさくらんさんとの接点として、教職をやってることを書くべきかどうかと、迷いが生まれたせいだ。

さすがにプライベートを公開するにはやすぎるかもしれない。でも興味を惹《ひ》いてもらいたいし、それがあるからこそ、運命も感じられるわけで——

(うん、書いてみるか！)

学校名まで書くわけでもないし、別に構わないだろう。

決めて、俺は文字を打ち込んでいく。

プロフィールには公務員と書いてあるのですが、
実は教職をしていて、
子供たちと接する仕事をしています。
似たようなお仕事を目指されている方と
こうして繋がることが出来て本当に嬉しいです。
私も運命かなって思ってしまいました。

少し恥ずかしいけれど、さくらんさんと同じように「運命」という言葉を使ってしまった。

（でも、これだけだと一方的な自分語りだよな……）

それで話が途切れたこともこれまでにある。なので他に何を書くべきかと「マッチングアプリ」『返信』『男性』『メッセージの送り方』などで検索してみた。

するとマッチングアプリの攻略サイトがたくさん引っかかった。

いくつか見てみると「相手が返信しやすいように質問をするのが、やり取りが続くための秘訣《ひけつ》だ」というようなことが、どこでも書いてある。ＡＩに聞いてもそう答えられたし、確かにそうだと思うので、俺もそうしてみることにする。

さくらんさんは少年マンガが
好きだと書かれてますが、
どんなタイトルのマンガや
アニメが好きなのでしょうか？
私は日曜に放送されてる
少年探偵モノのアニメの話などを、
よく生徒たちとしています。
お返事いただければ幸いです。

とりあえずきっかけになればと、さくらんさんが好きだとあげている作品の中で無難なものをネタにしたし、もちろん嘘《うそ》でもない。俺だって好きな作品だ。

ただメッセージがちょっと長い気もするし、硬い気もする。

これでは手紙のようなものかもしれない。

でも昔の時代にあった文通というのは、こういうものなのかと思ったりして。

まあ、ダメだったらダメだった時だ。

次に活かそうと、覚悟を決めてメッセージを送信。

それでも好感度が上がるものだっただろうか？

それとも下がるものだっただろうか？　と不安になってしまう。

初めてメッセージを送った時も、なんだかギャルゲっぽいと思ったけれど、その感じは、今でもかわらない。

ただセーブもロードもないし、もう一度攻略にトライもできない。成功か失敗かもすぐにはわからない。テレビ番組のように正解はＣＭのあと、なんてスパンでもない。

なので気を紛らわせるためにも、アニメを見ながらソシャゲのイベント消化することにした。

それから見始めたアニメのアバンとオープニングが終わり、少ししたところで、メッセージ着信の通知があった。

（きた……！　さくらんさんからだ！）

メッセージを見て、ほっとする。

どうやら返信内容は間違いではなかったようだ。

さくらんさんからの返信メッセージに書かれていたアニメやマンガのタイトルは、俺が好きなものと一致している。それだけに話は弾んで、続けて五回もメッセージをやり取りすることになってしまった。これまでの新記録。まるで好みが合った同性と話をしているみたいだ――なんて思うと同時に、疑念が生まれてしまう。

（やっぱり、サクラなんじゃ……）

まだ無料の範囲内とはいえ、一定数以上メッセージを送るならば、男性は追加料金が必要になってしまう。やり取りをすればするほど、運営は儲かるのだ。

とはいえ「サクラ」だから「さくらん」だなんて、疑わしいようなニックネームをつけるわけないだろう。

(いや、待てよ……)

逆に考えればサクラであることがバレた時に、「さくら」って書いてたじゃんと言い張ることも出来るかもしれない。

(ああもう、答えはどうなんだ!)

ちなみに検索してみるとTWINSにサクラは「いる」『いない」両論があった。

本当のところはよくわからない。大手のマッチングアプリサイトがそんな危ない橋など渡ることは、今の時代ないとも書かれていたけれど……。

気付けばすでに夜の二十三時。

明日も学校があるので、そろそろ寝なければならない。

なので少し寂《さび》しいけれど「おやすみ」の意のメッセージを伝えて、俺は今日のやり取りを打ち切ることにした。

(さくらんさん、サクラじゃなかったらいいんだけど)

そして、これからもメッセージのやり取りが続いて、願わくば、直接会えればいいんだけど――なんて、そんなことを思いながら、俺は眠りについたのだった。

4

翌朝、起きたらさくらんさんからメッセージが届いていた。

おはようございます！
お仕事がんばってください！
わたしはアルバイトがんばります！

朝から元気になるようなメッセージだ。
知らなかった情報も書かれている。
（さくらんさん、バイトしてるんだ……）
新しい情報を知ることが出来てちょっと嬉しい。
このメッセージで俺は、さくらんさんがサクラではないと確信もしていた。
だってサクラが、わざわざ朝からこんなメッセージを送ってくるわけないだろう。
絶対にさくらんさんはサクラではないはずだ！

がんばってください!

とメッセージを返信。


がんばります!

しゅうさんもがんばってください!


とすぐにメッセージが返ってくる。

なんか……いい。

(なんだろ、この感じ……)

それから毎日、俺はさくらんさんとメッセージのやり取りを続けていった。

一日三回——もしくは四回、五回、六回。

それだけでももう恋人が出来たみたいな気持ちになって、これまで以上に、毎日がキラキラと輝いているようにすら感じていた。

新しいメッセージが届いてないかも、気になって仕方がない。休み時間に職員室に戻って、スマホを確認するのが楽しみになってしまったくらいだ。

それから二週間ほどの時が流れて――

あと少しで、ゴールデンウィークに突入しようとしている頃のことである。

金曜日の夜、来週からシリーズ最新作が映画館で公開される少年探偵モノのアニメの宣伝として、昨年のゴールデンウィークに公開された映画がテレビで放映されていた。

さくらんさんもちょうど同じ番組を見ていて、映画を見るのが楽しみだと言っている。

（これって、チャンスだよな？）

一緒に行きませんか？　と自然に誘うことが出来る。

ゴールデンウィークということで俺の時間の都合もつけやすい。

「傍観者になるな。ピエロでもいいから舞台に立て」

袴田がテレビで聞いた名言だと言っていた。

それでマッチングアプリを始めたのだとか。

（確かに一歩前に踏み出さないと、恋愛なんて先に進まないもんな）

他のヤバい男に取られるくらいならば自分がものにする。

自分が彼女を守るくらいの勢いで行けとも袴田は言っていた。

彼が勤務している中学の先輩教師に言われたことらしい。

ＮＴＲ――寝取られは最悪だぞ、と。

だからこそ、勇気を出してメッセージを送ることにする。

よろしければ、
一緒に見に行きませんか?

これまでマッチングアプリを使っていて、一番ドキドキする瞬間だった。
もはやテレビの映画どころじゃない。
(断られたらどうしよう……)
これまで楽しかったやり取りすら、全て無に帰してしまうのだろうか?
断られるにしても、友達ともう行く約束してるとかなら、まだ救いはあるだろう。
この楽しい時間が、終わることはないのだから。
「あっ!」
すぐにさくらんさんからメッセージが返ってきた。
審判の時がやってきたのだ。
ごくりと唾を飲み込んで、勇気を出してメッセージを開いてみる。
同時にブルブルッと、全身が喜びに打ち震えた。
こんな感じ、本当に久しぶりで――

私も言おうと思ってたんです。ぜひ！

続けて『よろしくお願いします！』と書かれた可愛いくじらのキャラのスタンプも続けて送られてくる。

『こちらこそ！』と俺も可愛いスタンプをした。

女性に人気のマスコットキャラクターのものだ。

それなら次は、日程を決めないと。

あとは映画のあとに食事とかも……。

なんて考えてると、すぐにまたメッセージが送られてきた。

日付はＧＷ《ゴールデンウィーク》の最終日はどうでしょうか？

それまではちょっと予定があって……。

あと、ちょうど行きたいお店もあるんです。

ついでにお食事もどうですか？

誘おうと思っていたのに、むしろ逆に誘われるだなんて。

映画のあとのお食事なんて、完全にデートそのものだ。

日程はもちろん問題はない。
ゴールデンウィーク中に袴田と青柳と飲もうという話もしていたが、袴田が結婚準備でその相手、ひろちゃんの実家に行く用事などがあって先送りになったのもあり、俺の予定は今のところ無いも同然なのだ。

どこのお店ですか?
予約が出来る店なら、
私の方でしておくので。

せっかくだし、エスコートが出来るところを見せねば。
メッセージを送信。

本当ですか!
このお店です!

嬉しそうなテンションのメッセージがすぐに返ってきた。
届いたアドレスをクリック。

オシャレな洋風レストランで、コースもたくさんある。その中でも目に留まったのは「カップルコース」だ。

『二人でいくならカップルコースがオススメ！　他のコースよりもお得‼』と書いてある。

でも、いきなりそれはやりすぎだろうか？　などと考えていると、

コースのとこにある
「カップルコース」がお得らしいです。
それにしてみませんか？

というメッセージが先に届いた。

「やっぱりこんなのもう、恋人みたいじゃないか！」

思わず声に出した俺は、スマホを手に持ったまま、ベッドに仰向《あおむ》けに倒れてしまう。

もはやテレビでやってる映画どころじゃない。

（……というか、落ち着け、俺……）

でもいきなり食事だとか、「カップルコース」を提案してくるだなんて。

さくらんさん的には、これが当たり前のことなのだろうか？

そうではなくて、脈ありまくりってことなのだろうか？

綺麗な人だし、恋愛経験はたくさんあって当然だけど……。

（そもそも普通の大人たちが、どんな恋愛をしているのかも、さっぱりわからない……）

マッチングアプリならこれが普通なのか？

でもさくらんさんが「カップルコース」でいいというなら、それでいいのだろう。

メニューが美味《おい》しそうで、俺も行きたいと思ったことをメッセージで告げると、さくらんさんも喜んでくれた。

それから集合時間や映画の時間も決めてお店を予約。

映画の予約も俺が取っておくことになった。

もちろん席は隣同士。

すでにドキドキだ。


そして時は過ぎて――

ゴールデンウィーク最終日。

ついにデートの日がやってきた！

5

デート当日。

ゴールデンウィーク最終日の昼下がり。

待ち合わせスポットの一つとして有名な渋谷《しぶや》ハチ公前に俺はいた。

多くの若者たちで賑わう中、そわそわしながら一人の女性を待っている。

ゴールデンウィーク中もずっとメッセージのやり取りをしていた相手だ。

そろそろ時間だよなと、スマホで顔写真を確認。

続けてその相手、さくらんさんを探すように周囲に視線を彷徨《さまよ》わせていると、トントンと背中を指で突かれるような感触を覚えた。

「しゅうさん……ですよね？」

背中にかかるのは想像通りの可愛らしい声。

振り返ると、

「あ、やっぱりしゅうさんですね」

俺の顔を確認すると共に、右手の五指をぱっと開いて、手のひらを向けて挨拶をしてくる。

「はじめまして。さくらんです」

とても可愛らしい、とびきりの笑顔。とはいえ、目の前の「さくらん」さんは、スマホの中の「さくらん」さんよりも、ずいぶんと若く見える。というか、

（どう見ても、二十三歳じゃないんじゃ……）

思わず俺は心の中で叫んでいた。写真よりもずいぶんとあどけない顔立ちだし、全身から溢れ出す雰囲気は、いつも教えている女子生徒たちに通じるものがある。

画像加工。フォトショップ。パネルマジック。

そんな単語が俺の脳裏を掠めていく。

（まさか年齢を偽ってパパ活……とか？）

とはいえ、ＴＷＩＮＳの登録には身分証明書の提出が必要。

つまりは身分証明書の偽造。

もしくは、妹とか……？

俺が困惑しているのを不審がられてしまったのだろうか。

「どうされたんですか？」

と訊ねられてしまった。

「あ、いや、その……アプリで見ていたよりも、若く見えるなって思って……」

思わず素直に答えてしまう俺。するとさくらんさんは目を細めて、一瞬、俺を不愉快そうに睨《にら》み付《つ》けたように見えたのだけど、本当にそれは一瞬のことで、

「あはは、それ、お世辞ですか？　ありがとうございます。確かに子供っぽく見られることはあるんですよ」と、笑った。

でもどこか、怒っている感じもする。

「い、いや、そんなことないですよ。一瞬、さくらんさんじゃなくて妹？　とか、そんな風に思ってしまったというか……」

「あはは。しゅうさんは面白《おもしろ》いですね。そんなわけないじゃないですか。私に妹なんていませんし」

「そ、そうなんですね。あはははは……」

笑顔を崩さないさくらんさん。

対する俺は、顔を引き攣《つ》らせて笑うしかなかった。

（ヤバい……これはヤバいぞ……）

いきなり空回りしているというか、思いっきり地雷を踏んでしまったような気がする。

見た目と年齢のことは、さくらんさんにとってコンプレックスなのかもしれない。

これから触れないようにしよう。

なによりまずは、この話を流さねば――

「そ、それじゃ、映画館に向かいましょうか」

話を先に進める以外に何も思いつかなかったわけだけど、さくらんさんはそれにのってくれた。ダメージコントロールは成功……なのだろうか？

なにより初手でデート終了にならなくてよかったと、内心、俺はほっとしていた。

×　×　×

さくらんさんと二人。

人が溢れる街の中を、肩がぶつかり合うような距離で並んで歩く。

こんな風に異性と並んで歩くのは中学生ぶりのことだ。

その時の相手は当時の恋人、と言っていいのかもわからない。

でも一応、恋人だったと思う。

思い違いなんかじゃない。

結果的には自然消滅してしまったけれど、間違いなく、俺の人生でたった一人の恋人だ。

その数回のデートのうち、一回で、映画を見に行った記憶もあるが、どれも緊張をしすぎていて、もはやどんなデートをしたのか殆ど覚えていない。

ちなみにあの頃ほどじゃないとはいえ、もちろん今だって緊張している。手に汗が滲《にじ》んできてもいた。

もういい年なんだし、こういうシチュエーションには慣れないと、結婚どころか、彼女だって出来ないのには違いないのだけど……。

（学校では普通に女子と接してるんだし、女子生徒と思えば、きっとなんとかなるはずだ……！）

自分にそう言い聞かせるが、それはそれで、イケナイことをしているような気持ちになってきてしまう。

それは隣を歩くさくらんさんが、若く見えるせいもあるだろう。

こんな姿、学校の先生たちや生徒に見られたら、あらぬ誤解を受けること間違いなしだ。絶対に見せることは出来ない。

（俺のことを知ってる人、誰もいないよな……？）

そんな風に周囲が気になってしまうが、そんな心配などどこ吹く風で、すぐに目的の場所である映画館に辿《たど》りついた。

ロビーには街中と同じように人が溢れているが、そこにも見知った顔はいない。ほっとしたところで、さくらんさんが話し掛けてきた。

「パンフ、買っていいですか？」

俺が頷《うなず》くと、タッタッタ……と、物販コーナーに駆けていくさくらんさん。列は少ししか人が並んでいなかったので、すぐに戻ってくる。

「パンフレット、買うタイプなんですね」

「読むのも好きだし、思い出になるじゃないですか。今日、こうしてしゅうさんと映画に来たって、これを見るたびに思い出しますし」

えへへ♡　と微笑むさくらんさん。

(なんだ、この子……めちゃくちゃ可愛い)

その言葉はもちろん、照れくさそうな表情も、何もかも可愛くて仕方がない。

きゅん、となってしまう。

「なら、俺も買おうかな」

俺もこの日の記念を残しておきたくなってしまった。

「なら私はドリンク、買ってますね。しゅうさんは、何か飲みます？　飲むなら、私が買って来ますけど」

言われて、メニューを見る。

いろいろあるけれど……

「お、オレンジジュースにしようかな。Ｓサイズで」

一番小さなサイズにしたのは、たくさん飲んだらトイレに行きたくなるかもしれないと思ったからだ。映画の途中で立ってトイレに行くのは、さくらんさんの集中を乱すことにもなるだろう。そうなったなら印象だって悪いはずだ。

なにせ映画の時間は二時間近くある。

それはすでに調査済みだ。

「では、買ってきますね。清算はあとで大丈夫ですから」

そう言い残してフード・ドリンクコーナーに向かって小走りで駆けていくさくらんさん。

俺は物販コーナーに向かってパンフレットを購入。ちょうど列が途切れていたところだったので、すぐに買えた。

対してフード・ドリンクコーナーの方には列がそれなりにあるので、さくらんさんはまだドリンクを買い終えていない。

でも、ちょうどレジの順番がきたところだ。十メートルほど先で、注文を始めるさくらんさん。今行くのは邪魔だろうと思って待つことに決めた。

少しすると、両手にドリンクを一つずつ持って、さくらんさんが俺の元に戻ってくる。

「お待たせしました」

「さくらんさんは何を買ったんですか?」

「私はメロンジュースです。メロンジュースって、こういうところでしか飲めないじゃないですか。だからレアですし、飲みたくなっちゃうんですよね」

言われてみれば確かに、と思う。ファーストフード店とか映画館くらいでしか見ないかもしれない。

「たまに季節限定とかで、ペットボトルのがあったりしますけどね。そういうのとも、こういうところで飲むのは、ちょっと違う味ですし」

そう言いながら、さくらんさんはストローに口をつけた。

「んー、美味しい♪」

今にもほっぺたが落ちそうというのは、きっとこういう表情なのだろう。頬《ほお》に手をあててるさくらんさん。本当に可愛らしい。

こんな子が彼女だったら、本当に毎日が幸せだろう。

それから俺たちはこれから見る映画が上映されているシアターへと移動して、予約していた席につくことになった。

「楽しみですね」

「そ……そうですね」

こうして並んで女性と映画を見るのも学生時代以来なかったことだ。

照明が薄暗くなって、予告編に続き本編が始まる。

本当は映画に集中しなければダメなのだけど、隣のさくらんさんが気になって、そうすることができない。

(ダメだ、これじゃ……集中しないと)

映画のあとにはディナーを食べながら、映画の感想を話し合う予定になっている。

ちゃんと見ていなければ、話についていけず、真剣に見ていなかったのがモロバレ。好感度もガタ落ちに違いない。

(映画に集中……集中だ……)

何度も自分に言い聞かせながらスクリーンに視線を向けるが、それでもやはり集中できない。自分の呼吸が荒くなってないかも気になるし、やはりなによりさくらんさんが気になってしまって、横目でチラチラと見てしまう。

当然のことながらさくらんさんは、俺とは違って、映画に集中していた。その内容に一喜一憂するごとに、コロコロと表情が変化している。

可愛いそのもの。

可愛いの権化。

可愛いしか言葉が見つからない。

可愛い。可愛い。可愛い。

でもやはりさくらんさんを見ている場合ではないと、俺はスクリーンに必死に集中。

それでも少しすると、またさくらんさんが気になってしまって——何度かそれを繰り返しているうちに、映画は序盤を終え、中盤に差し掛かっていた。

さすがにその頃には状況にも慣れてきていて、ストーリーの盛り上がりもあり、映画の後半は、作品にのめり込んで集中することが出来ていた。

そして二時間近くの上映時間は、感動と共にフィナーレを迎えたのだった。

6

「映画、とってもよかったです！　特にクライマックスのカーチェイスのシーンが最高でした！　あ、しゅうさんは犯人、途中でわかりましたか？　私は――」

シアターから出たばかりだというのに、さくらんさんは作品の中身を語り出している。

とても興奮した様子で、ぴょんぴょんと飛び跳ねているさくらんさんの姿は本当に可愛らしい。とはいえ――

「あの、さくらんさん……周りにたくさん人がいますし、犯人とか、感想は……」

「あっ……！」

俺の言葉で気付いたようだ。

「すみません。お恥ずかしいです。これから見る人たちもいるのに、ネタバレはよくありませんね。感想戦はお店についてからにしましょう」

恥ずかしそうにするさくらんさん。

それからすぐに俺たちは予約していたオシャレな洋風レストランへと移動を始める。

さくらんさんが提案してくれた店だ。

その店が近づいてきたところで、手に飛行機のオモチャを持った子供が、「ぶーん！」と声を上げながら走ってくる。

幼稚園から小学校低学年くらいの子供で、その後ろをもう一人の子供が追っている。顔の

つくりからして、二人は兄弟だろう……なんてことはどうでもいい。

飛行機を持っている子供の方は前を見ていない。

その先に居るのは——俺だ。

「しゅうさ——」

「……っと」

子供が俺に激突。

俺はその小さな身体を受け止めることは出来たが、しかしガシャッと、子供が手に持っていた飛行機は床に落ちてしまう。

そこに「けんた！　ゆうた！」と声をあげながら、一人の女性が駆け寄ってきた。歳《とし》の頃は三十代前半くらい。二人の母親のようで、申し訳なさそうに俺に声を掛けてきた。

「すみません、大丈夫ですか？」

「俺は大丈夫ですよ」

地面に置いた飛行機を拾い上げながら答える。

見るかぎりオモチャは無事だ。

「あんたたち、お兄さんに謝りなさい」

「ご、ごめんなさい」

「ごめんなさい」

申し訳なさそうに頭を下げる子供たち。

しゅんとしていて、反省しているようだ。

「はい、これ。たぶん、壊れてないと思うから」

元々持っていた少年の方に、俺は飛行機を差し出した。

するとその少年ははっと顔を上げて、

「あ、ありがと、お兄ちゃん！」

明るい表情で飛行機を受け取った。

俺はその頭を撫でながら、

「外は危険だからな。遊ぶ時はちゃんと前を見て、気を付けるんだぞ」

「うんっ！」

それから俺たちは感謝の言葉と謝罪の言葉を重ねるお母さんと子供たちと別れて、店に入っていった。

カランカランと響く鐘の音はもちろんのこと、かかっている曲も内装も欧風で、とてもオシャレな店内だ。客はたくさんいるが、それなりのお値段のおかげもあるのだろうか。うるさい感じはなく、雰囲気はいい感じである。グルメサイトのレビューに書いてあった通りで、デートにぴったりそうだ。

予約していることを告げると、声をかけてきたタキシード姿の若い男性店員によって、俺たちは席まで案内されることになった。

水を出されたあとのこと、

「ご注文はご予約通りのカップルコースでよろしいでしょうか？」

カップルコース。

店員さんに問われて、どくんとまた心臓が高鳴り、緊張が増してくる。

こんなお店で女性と向かい合って座るのは、さすがに初めてのことだ。

するとさくらんさんは、

「それでお願いします」

と目を細めて答えた。その姿はとても様になっていて、思わず唸《うな》りそうになったくらいだ。

先ほどまで感じていた幼さとは違い、お嬢様的な慣れを感じる仕草である。

「お飲み物の方はいかがいたしましょうか？」

「え、ええと……」

慌てて俺は手元のドリンクメニューを開いた。

（って、こういうのはレディーファーストだよな）

はっとなった俺は、慌ててメニューをさくらんさんの方に向けたのだけど、

「私はあとで大丈夫です」

と先を譲られてしまった。

（ど、どうしよう）

何を飲むかは、さくらんさんに合わせようと思っていたのだけど、

「さくらんさんは……その……アルコールは……」

そう言った瞬間、店員さんもちらりとさくらんさんを一瞥《いちべつ》した。

お嬢様的な所作が出来るとはいえ顔立ちは若いので、年齢が気になったのかもしれない。

するとさくらんさんは、申し訳なさそうな笑みを浮かべて、

「私はお酒、得意でないので。しゅうさんが飲みたいのならば、飲んでください」

と答えた。

さて、飲むべきか、飲まざるべきか。

さくらんさんに合わせるのがいい気もするけれど、軽く飲んだ方が、この緊張を緩和出来る気もしている。お酒は嫌いじゃないし、少しならそこまで酔うこともないだろう。自分を乱さない程度の勢いは、この場ではきっと大事に違いない。

「じゃあ一杯だけ。シャンパンをグラスでいただいていいですか？」

「承知致しました」

続けてさくらんさんは俺の置いたメニューを手に取って、

「では、そうですね……私はノンアルのシャンパンで」

「承知しました。シャンパンと、ノンアルのシャンパンですね。お待ちください」

俺たちの注文を訊いた若い男性店員は、一礼して店の奥へと消えていった。

「もしかしてさくらんさん、俺に合わせてくれました？」

「どうせなら、一緒のものがいいかなと。アルコールは入ってないですけど」

「そ、そうですか……」

その答えや行動に、なんだか嬉しい気持ちになってしまう。

「って、そうだ」とさくらんさんは胸の前でパチンと両手の手のひらを重ねて音を立てて、

「さっきのしゅうさん。とても素敵でしたよ。さすが先生って感じでした。慣れている感じで」

「え、そうですか……？　先生とはいっても、俺は高校で……」

と、思わず言ってしまった。

でも隠すことでもないだろう。

「あ、高校なんですか？　私、小学校のころ、学校の先生が好きだったんです。とても優しい先生で……。どこか、しゅうさんに雰囲気が似てるなって――」

照れたように頬を染めるさくらんさんの姿を見て、自分でもわかるくらいに、胸の鼓動が早まってしまう。

これってやっぱり、かなり脈ありって感じなのでは？

なんて考えてしまう自分に落ち着けと自分に言うように、

「はは……そうなんですか。小学生なら、そういうこともありますよね」

と、誤魔化《ごまか》してみたりして。

するとさくらんさんは驚いたように目を見開いて、

「小学生ならって、高校ではないんですか？　生徒に告白されたりとか……」

「そんなのはないですって。生徒たちには舐《な》められてばかりですから」

「しゅうさん、モテそうなのに」

「そんなことないですって」

先日だって、生徒に童貞だのどうの、からかわれたばかりなのだ。

モテるどころではない。

「モテるっていうなら、さくらんさんの方が……」

「あはは、そんなことないですよ。バイト先も女性ばかりですし、女子大出身なので、出会いもなくて……。しゅうさんの学校には、若い未婚の女性の先生とかいないんですか？」

「えっ……いるのはいますけど、恋愛対象ではないというか、なんというか……だから相手もいないし、TWINSを始めてみようと思ったっていうか……あはは」

同僚に美人の先生はいて、その先生が少しさくらんさんに似ていて……ちなみにその先生のことを仲のいい同僚の先生が好きで、なんて話をするのは、なんだか違う気もしたので、笑って誤魔化すことにした。

「それなら」と、さくらんさんが続けて訊ねてくる。「しゅうさんは、どんな人が好きなんですか？」

「え？」

一瞬、時が止まった気がした。

どうしよう、かなりクリティカルで、今後に影響する気がするような質問だ。

（さくらんさんみたいな人だって、答えるべきなんだろうか？）

周囲のオタクたちは結構大人しめの女性が好きだった。

文学少女風とか無口系美少女とか言われるやつだ。

でも、俺はそうじゃない。

そういう子とは、コミュニケーションが取れる気がしなかった。

自ら俺に話し掛けてきてくれる女性。自分の相手をしてくれて、自分でもいけるんじゃないかと思わせてくれる女性のほうが好きで、結果、そういう女性と付き合うことが出来たけれど、すぐに別れるような形になってしまった。

それもあって恋愛に億劫《おっくう》になってしまったのもあるし、それが自分の恋愛における心の傷《トラウマ》なのだろう。

でも、こんなの別の女性の前で話をするようなことじゃない。

「いやその……なんていうか、話しやすい女性……ですかね」

曖昧《あいまい》かもしれないけれど、俺の精一杯の回答《こたえ》だった。

それで呆《あき》れられたら仕方ないと思ったのだけど、

「私はどうです？　話しやすいですか？」

と追撃をしてくるように、さくらんさんが問いかけてきた。

「え、あ、そうですね。それは、とても……」

「ふふっ、よかったです♡」

嬉しそうに微笑むさくらんさん。会話のキャッチボールは成功……というか、さくらんさんのおかげで助かった気がする。

「ちなみに私は、優しい人が好きです。さっきのしゅうさん、ポイント高いですよ、なんて♡」

「あ、あはは……」

そう言ってもらえるのは照れくさいけれど、嬉しいことだ。

「私もこのままの生活だと出会いなんてなかなかないと思って、ＴＷＩＮＳを始めてみたんです。周りもそれで恋人ができてるって人もいて……」

「はは、俺も似たようなものですよ」

そこでシャンパンが運ばれてきて、恋愛話は一段落。

「乾杯しましょうか」

「はい」

俺たちは互いの前に置かれたグラスを手に取って、

「「乾杯」」

チン、とグラスとグラスが音を立てる。

この行為、なんだか大人の恋愛感があるな、なんて思ったりして。

でもそれから始まった映画の感想戦は、まるで学生のサークル気分で——話は盛り上がったし、出てきた料理も美味しく、俺はさくらんさんと楽しい時間を過ごすことが出来た。

7

「本当に美味しかったですね」

「しゅうさんにそう言っていただけて嬉しいです。店を指定しておいて、お口に合わなかったら申し訳ありませんでしたし」

店を出たあとは、二人並んで歩いて駅に向かっていた。

「あっ、そうだ。あと、ごちそうさまでした」

「気にしないで。俺が払いたかっただけだから」

事前に見ていたマッチングアプリ攻略サイトの通りに、俺は食事の料金を支払った。

本当かどうかはわからないが、男が支払いをした方が、次に繋げられることもあると書いていたからだ。

それにバイトしてるとはいえ、さくらんさんはまだ女子大を出たばかり。保育士を目指すフリーター的な立場だ。

社会人、公務員である俺が払うのは当然のことだろう。

最初はさくらんさんは私が半分払いますと言ってきたのだけど、それならと映画代の千円だけもらって、食事は払わせてとカードで払うことにしたのである。

千円の理由は、映画代から映画館で買ってもらったドリンク代を清算した金額というわけだ。

(最初のデートは、こんなもんだよな)

もうすぐ終わりが近づいている。

今のところいい感じだと思うし、生徒にも、知りあいにも会うことなく乗り切れていた。

何一つ問題ない初デートだ。

ちなみにだけど、もしデートの先に誘われたらどうしようと、その先のことも考えてはいたし、調べてもいた。

とはいえ、ワンナイトラブが目的なわけではない。

あくまで「婚活」なのだし、一度目のデートで焦《あせ》りすぎてはダメだろう。

三度目あたりがデートの先へと向かうチャンスだと、マッチングアプリの攻略サイトにも書いてあったし、師匠である袴田にもそう言われていた。

（それに、さくらんさん相手でその先にいくのは、まだリスクもあるしな……）

横を歩くさくらんさんの顔を見る。

俺にはもったいないくらいに可愛くて、本当にいい子だけれど、やはり十代のようにしか見えない。

袴田の婚約相手のこともあるし、他人を見た目で判断するのはよくないとはいえ、それだけがどうしても気になってしまっていた。

「私は地下鉄なのでここで。今日は、楽しかったです。よろしければ、また会えますか？」

「あ、ええと……」

「ダメ、ですか？」

じっと目を見つめられる。

「そんなこと、ない……です……俺も、楽しかったし……」

楽しかったこと。

それは事実だけど、やはり見た目の年齢が気になっていて――

「？」

俺の煮え切らない態度のせいだろうか。

少し複雑な表情を浮かべたさくらんさんだったけれど、

「よかったです。今日のデート、私はとっても楽しかったですから♡」

と、表情にぱっと花を咲かせた。

ああもう、やっぱり可愛い！

「それではまた近いうちに。おごっていただいたお礼もしなければなりませんし。あ、そうだ」

言って、さくらんさんは俺にスマホを差し出した。

「よかったらＬＩＮＥ、交換しませんか？」

「えっ……」

「アプリだと、しゅうさんにお金かかりますし。プライバシーとか気になりますか？」

そういう問題があるというのは、師匠・袴田から訊いていた。

プライバシーの問題で交換を躊躇《ためら》う女性がいたり、剛《ごう》の者であれば、マッチングアプリ専用にスマホと回線を用意する者もいるという。

それに数回デートしてから交換するのが普通だとか。

なのにまさか、一回目から提案されるだなんて――

「い、いえ、そんな……」

いろいろ戸惑うこともあるけれど、ありがたい誘いだ。俺としてはＬＩＮＥの登録名は「しゅう」だし、特に問題はない。

ええい、思い切ろう。

「それじゃ、交換しましょうか」

俺はさくらんさんが出してくれたＱＲコードを読み取り登録。

名前は「さくら🌸」だった。

やはり名前はさくらのようだ。

「今日は本当にありがとうございました」

ぺこりと頭を下げるさくらんさん。

改めさくらさん。

「ではまた、連絡しますね♡」

そう言い残して、走り去っていく。

その背中が見えなくなるまで、俺はじっと見つめながら思っていた。

やっぱりさくらさんは可愛い。

もう一度会いたい、と。

×　×　×

（あー、ほんといい子だったよな）

いろいろ迷っていた俺を吹っ切るように、ＬＩＮＥの交換まで申し出てくれたのだ。

かなり好印象のデートだったのには違いない。

ほっとするけれど、やはり気になることはただ一つ。

本当に、二十三歳だったんだろうか？　というものだ。

どう見ても十代にしか見えない。

——とはいえ、だ。

もしもの話、さくらさんが今女子高生で十七歳か十八歳だとしよう。

三年後は二十歳か二十一歳で、今二十六の俺は二十九か三十歳。

どちらにしても、九歳年下の彼女である。

少し年齢は離れているにしろ、お付き合い三年目でプロポーズして、入籍は彼女の大学卒業と共にというのは、ちょうどいいと思えるところもあるのは確かだ
周囲にも大学卒業後すぐに入籍というやつは数人いた。

もし大学に通わず高卒で就職となれば、今の俺と同じ社会人三年目。

短大を出るならば、就職一年目になる。

結婚するにはいい時期だろう。

男としても三十で結婚となれば、まあ悪くはない。

今の時代からしてみれば、むしろ早い方かもしれないくらいだ。

それから数年後に最初の子供、その数年後に二人目の子供が出来たとしても、定年までに

大学に行かせることだって出来る。

(——って、何を考えてるんだ、俺は……)

いくらなんでも先まで考えすぎだし、年齢を偽っているとなれば、ワケアリに違いない。教師という立場上、絶対にトラブルは避けるべきだろう。

そもそも年齢を偽っていないにしても、女子高生に見える相手を好きになるというのは、やはり高校教師としてまずいのでは?

でももし、さくらさんと次のデートのチャンスがあったならば——

(……うん。まあ、その時はその時で、考えればいいか……)

捕らぬ狸の皮算用をしても仕方がない。なにより、

(やっぱり、さくらさん、可愛かったよな……)

思い出すだけで、でへへと、頬が緩んでしまう。

あんな子とデート出来ただけで、マッチングアプリを始めた甲斐があるというものだ。

それだけで今日はいい気分だし、袴田にも感謝だ。

こうして女の子のことを考えられること、恋心のようなものを感じられることは、本当に久しぶりだった。

それ自体が結構楽しく、満足もしている中で、俺は自宅に到着。

帰宅するまでが遠足理論ならば、これで完全にデート終了だろう。

そんなことを思いながら、カチャリと鍵《かぎ》を回したところだった。

「だーれだ♪」

聞こえた声と共に、突然、俺の視界が真っ暗になった。

続けて、目元も冷たくもなる。

(これって……)

なぜ？　どうして？

俺の目元が、誰かの手で塞《ふさ》がれている。

気になるけれど、それよりも気になったのは、聞こえた声の方だ。

俺の目を塞いでいるだろう相手の声。

それはほんの少し前まで向かい合っていた女性の声で――

「さくらさん⁉」

「あ、さくらって呼んでくれるんだ。正解♡」

楽しそうな声に続いて、離れていく両手。振り返ると、「えへへ～」と笑みを浮かべている、さ、さ、さ、さくらさん改め、さ、さ、さくらさんの姿を見ることが出来た。

「ええと……どうして、さくらさんがここに……？」

「もちろん、後ろを追って来たからに決まってるでしょ？」

んふふん♪　と、さくらさんは勝ち誇ったような笑みを浮かべて、

「いわゆる、ストーキングってやつ！　もしかしたらあたし、探偵の才能があるのかも！」

「いや、探偵って……さっき見た映画じゃないんだから……って、ちょっと待って、なんでうちの扉を勝手に開けようとして……！」

「そりゃ、お宅を拝見するためよ。突撃、しゅうさんのお家訪問！　とか。もしかしたらあたし、テレビクルーの才能があるのかも！」

「いや、そういう取材は、マネージャーを通してくれないと……」

「そんなものセンセにはいないでしょ？　では、お邪魔しまーす♡」

「な……」

センセ、という言葉に、動揺した直後のことだ。

開いた扉と玄関の間に立《た》ち塞がり、家に侵入されないようにしようとしていた俺の腕の下を、さくらさんは身を屈めて、するりと抜けていった。

「これで、よし……と」

振り返って家の中を見ると、ちょうどさくらさんは靴を脱いで、框《かまち》を越えようとしている。

「やったー、作戦成功ー！」

「作戦って……」

嬉しそうにジャンプをするさくらさん。その姿もそうだけど、デートしていた最中のさくらんさんとはまったく違う。別人のようにすら思えてしまう状態だ。

いったい、どういうことなんだ？

（もしかして、妹……とか？）

でもさくらさんは妹はいないって言っていたし。

しかも「センセ」って、どういう……。

混乱している俺の腕にさくらさんの手が伸びてくる。

「ネタばらしは、誰にも聞かれないところでするものでしょ？　だから中に入って。ほら♡」

ここは自分の家だというのに、ぐいっと腕を引き寄せられ、まるでさくらさんに家の中に連れ込まれるようにして、俺は自分の家の中へと引きずり込まれていった。

どうやら俺のデートは、まだ終わっていなかったようだ。

02

第二章　〉未成年者略取の略取ってなに？

「この世界はすべて舞台だ。男も女もみな役者に過ぎない。」

（シェイクスピア）

1

マッチングアプリで繋《つな》がり、まだ一度、直接会ったばかりとはいえ、さくらんさんことさくらさんが家に来る展開を想像しなかったわけじゃない。デートが決まってから数日の間に、こういう展開を妄想（シミュレーション）したことは何度もあった。

でもこの展開は、その妄想と少しどころかかなり違うし、はっきりいって、わけがわからない。家に入ろうとしたらさくらさんに目隠しをされたり、先に家に侵入《はい》られたり——

（本当になんなんだ、これ？）

疑問と不安が入り混じり、こんがらがる中で、気付けばさくらさんは勝手に廊下の奥——

このアパートのワンルームの部屋、生活スペースへと繋がる扉を開こうとしていた。

「それじゃ、お宅拝見っと」

「いや、ちょっと待って！」と慌てて靴を脱いで止めようとしたのだが、時すでに遅し。

扉は開かれてしまった。

とはいえ、ぱっと見ヤバイものはないはずだ。

いいいい、もしものことを考えて、綺麗《きれい》にしていてよかったと、心の底から思ってしまう。さくらさんはぐるりと部屋を見回して、

「エッチな本とか転がってたりするかと思ったけど、綺麗なものね。ベッドの下にもないし」

「そんなところまで見なくても……」

俺《おれ》が部屋に入ると、床に敷かれた絨毯の上に膝《ひざ》をついて、ベッドの下を覗《のぞ》いていた。俺に向けられたお尻《しり》。パンツが見えそうでドキドキしてしまうけど、すぐにさくらさんは立ち上がり、俺に揶揄うような笑みを向けてくる。

「あ、もしかしてしゅうさん、私を家に連れ込むことを期待して、片付けたりしたとか？」

「いや、そんなこと……」

「あっ、その反応……焦《あせ》ってるし、図星？　だったら、サービスしてあげよっか？」

「えっ⁉」

さくらさんが近づいてきたかと思えば、いきなり、目の前がぐらりと揺れた。

腕を掴《つか》まれ、引っぱられたせいだ。

「わ、わわわっ⁉」

一歩、二歩と、さくらさん側に俺は引き寄せられていって——

「えいっ、と！」

「うわぁああっ⁉」

ぼふりと衝撃。

それでさくらさんと共に、ベッドの上に倒れ込んでしまったことに、俺は気付いた。

「てててて……何をするんだよっ！　って……」

目の前にあるさくらさんの顔。

にんまりと、笑みを浮かべている。

「あ、ちょうどいい顔」

カシャリ。

「え？」

戸惑う中で聞こえたシャッター音。目の前のさくらさんがスマホを片手で持って、インカメラを構えている。

「よし！　これで家に連れ込まれて襲われたっていう既成事実写真ゲット！　ほら、よく撮れてるでしょ？」

俺を退《の》けるようにして身体を起こし、楽しげにスマホの画面を見せつけてくるさくらさん。

そこには、俺がさくらさんを押し倒しているようにしか見えない写真が映し出されていた。

俺の顔付きは、さくらさんが言う通り、俺がさくらさんを襲っているようにしか見えない。

つまるところさくらさんはこれを狙《ねら》って、俺をベッドの上に引っぱり倒したようだ。

「どういうつもりなんだ⁉　金かっ⁉　金目的なのかっ⁉」

そうとしか考えられず、俺は思いっきり叫んでしまった。

「えっ、お金くれるの？　百万円でどう？　即金で！」

「百万って……いくらなんでも高すぎるだろ！　そんなもん、即金で用意出来るかっ」

「え～、それくらいの貯金ないの？　甲斐性なし」

「貯金あるなしの話じゃないっての」

ＡＴＭだって一日二十万までしか引き出せない。

窓口での手続きが必要だ、
と、そういう話じゃなくて――

「はいはい、わかったわかった。ならさ……今晩、泊めて♡」

「いや、何を言って……」

でももしかしたら、それが彼女の今している行動の目的なのかもしれない。

（つまり、いわゆる家出少女ってやつか？）

だとしたら、やっぱりさくらさんは年齢詐称《さしょう》――

言ってることや態度から、そう推察したところでのことだ。

「センセが泊めてくれないと、この写真、学校でバラまいちゃうから♡」

「いや、それは……って、学校？」

「あっ……!!」

しまった、という表情を浮かべるさくらさん。

このチャンスを逃すわけにはいかない。

「つまりさくらさんは、俺が教師をやってる学校を知っているってこと……？　そんな話、俺はしてないはずだけど……」

「ええと、それは……」

さくらさんが、とてもばつの悪そうに目を逸らした。

（その態度、やっぱり……）

いくらなんでも上手《うま》く行きすぎだと思った。

俺はただ彼女に利用――もしくは、ハメられてしまったようだ。

現実に戻った俺はさくらさんを睨《にら》み付《つ》けるようにして、更に強い口調で追い討ちをかけていく。

「もしかして、俺のことを元々知っていて近づいてきたのか？　うちの卒業生？　それとも、どこのクラス――」

「あはは っ、あはははは っ！」

「な、なんだよ……」

お腹《なか》を抱えて大声で笑い出したさくらさんを見て、俺は呆気《あっけ》に取られてしまった。

「卒業生か、どこのクラス――だって！　あははっ！　センセ、面白《おもしろ》っ……あははっ！」

「なんで笑うんだよっ！」

「だって、まだ気付いてないんだもの。ほんと、お腹痛い。ちょっと待って――」

目に浮かんだ涙を指で拭いたあと、スマホを弄《いじ》り始めたさくらさん。すぐに俺にスマホを差し出してくる。

「はい、これ」

「これって……」

さくらさんが差し出してきたスマホに映っているのは黒髪お下げ――メガネをかけた、俺のクラスにいる生徒の姿。

「……彩世《あやせ》さん？」

「そう。月島高校2―Bの出席番号一番。彩世咲来《さくら》。あたし」

「は？」

目の前のさくらさんとスマホに映る彩世さんを見比べる。

顔は……確かに似ている。

さくらと咲来。

言われてみれば名前はまんまだ。

ただ、雰囲気はまったく違う。

画面の中の彩世さんは、いかにも清楚《せいそ》でマジメな優等生という感じで、さっきまでのさくらさんは、明るく可愛らしい、それなりに遊んでいそうなＪＫだった。

喋《しゃべ》り方だって全然違うし、髪の色だって――

そこで俺ははっとなった。

「お姉さん、妹を名乗って遊ぶのはよくないと……」

「そうじゃないっての！　あたし、一人っ娘《こ》だし」

「あっ」

信じられないことが目の前で起きた。さくらさんが両手で頭に触れたと思ったら、茶色いふわふわの髪の毛がずるりと滑り落ちたのだ。

中から出てきたのは黒い髪の毛。

「ね？　これ、ウィッグなの。でもって――」

床に敷かれた絨毯に座り直して、スクールバッグを漁《あさ》るさくらさん。

中から取り出したのは紐《ひも》で、三つ編みをつくり始める。

「これでよし、と」

お下げを左右でつくり、俺の知っている彩世さんの髪型になった。

続けてスクールバッグから取り出したのはメガネケースだ。

そこに入っていたメガネをかけて、

「はい、出来上がり♡」

「本物だ……」

俺の生徒、彩世咲来がそこにいた。

2

「あの……先生？　私の変装、どうでした？　先生の好みっぽかったので、雰囲気を雲母坂《きららざか》先生に寄せる感じでアレンジしてみたんですけど……」

その雰囲気はもちろん、動きも、口調も、さっきまでとは違うものだ。

俺の知っている彩世さんが目の前にいる。

「いや、ええと……」

この世界はすべて舞台だ。男も女もみな役者に過ぎない。

そんなシェイクスピアの言葉がある。

とはいえ、いくらなんでも役者すぎないだろうか？

「びっくりしました？　先生が全然気付かないから、逆にびっくりしたくらいなんですよ。でも理由はわかりました。だって――」

いきなり豹変《ひょうへん》。

彩世さんはニヤリと口元を緩めて、

「センセ、照れてたのか、あたしと目、殆ど合わせなかったもんね♡」

図星だった。

照れくさいし恥ずかしくて、目を合わせることは出来なかった。

「それ、あたしが可愛すぎてドキドキしたから？　ねえ、センセ。どうなの？」

訊《たず》ねながらにじり寄ってくる彩世さん。

「おい、あんまり近づくなって」

俺をからかう彩世さん。教室で見るのと同じ姿だけど、その喋り方や態度は別物で、脳がバグってしまいそうだ。

「混乱してきたんだけどさ、本当の彩世さんって……」

「へ？　どれも本当のあたしだけど。実はあたし、多重人格者なの」

「えっ……？」

「何ぽかんとしてるの？　冗談だって。あっ、そうだ。念のためこの姿でも撮影しておこっと」

「おい……！」

スマホを構えた彩世さんが再び接近してきたものだから、ドキドキしてしまう。

彩世さんは真顔のままスマホを構えて、

「はいチーズ」

「チーズじゃないっての」

慌てて、スマホを取り上げる。

「ちょっと、スマホ返して！」

俺が手を伸ばし高いところにスマホを持ち上げると、ぴょんぴょんと跳ねて取り返そうとする彩世さん。

ジャンプするごとに上下に揺れるお下げが、なんだか子犬の両耳みたいで可愛らしい。

「ヘンなことしないってなら返すけどな」

「写真は別にヘンなことじゃないでしょ、っと……」

奪い取るようにスマホを取り返す彩世さん。

「――ていうか、どういうつもりで、こんなことをしたんだ。話を聞かせてみろよ」

「む～っ、なによ、いきなり先生ぶって。さっきまで童貞丸出しの態度だったくせに。さくらんの姿に戻ったら、センセからしゅうさんに戻る？　なら、戻ろっか？」

「いいから、話をしてくれって」

「家に帰りたくないだけなんだけど……」

目を逸らしながら答える彩世さん。

「俺が未成年者略取誘拐で、犯罪になっちまうっての」

「未成年略取って……ちょっと待って」

言って、スマホを弄り始める。

どうやら「未成年略取」を検索していたようだ。

「略取とは、暴行、脅迫その他強制的手段を用いて、相手方を、その意思に反して従前の生活環境から離脱させ、自己又は第三者の支配下に置くこと」

読み終えて、

「なんだ、センセ、暴行、脅迫もしてないし、強制的手段でもないからオッケーじゃん。この状況なら誘拐にもあたらないし」

「そういう問題じゃなくてな……」

確かにそうかもしれないけど。

現代文の教師の立場で、適当言ったのは悪いけど。

「いつからこんなことしてるんだ?」

「高校に入ってからだけど」

「理由は?」

「うち、母子家庭なんだけどさ、ママは仕事が忙しくて、高校まではおばあちゃんのところで殆ど生活してたの。でもそのおばあちゃんも、去年亡くなっちゃってさ。それからはママと一緒に生活することになったんだけど、ママは家にいろんな男を連れてくるわけ。知らない男と一緒の家に居るなんて、あたしヤだし」

「それで家にいたくないってわけか」

「そういうこと」

うんうん、と頷《うなず》いて彩世さんは続ける。

「でも学校の友達のとこばかりに泊まるわけにもいかないでしょ？　だからマッチングアプリで、友達探しを始めたってワケ」

「友達って……」

「あっ。パパ活とか、そういうんじゃないから。同性の友達募集でも使えるアプリもあるし、今までだって女の子のところしか泊まってないし」

「じゃあ、どうしてTWINS《ツィンズ》をやってて、俺を見つけたんだよ」

TWINSは基本的には婚活アプリだ。同性の恋人ならともかく、友達を見つけるために使うような用途では使わない。

「そもそも未成年が使えるものじゃないだろ。本人確認はどうやってやったんだ？」

「それにはいろいろと方法があるわけで……出来た年上の友達に、代わりにそれだけお願いするとか」

「ルール違反したのかよ……」

誤魔化《ごまか》すように笑う彩世さん。

もはや何が本当かよくわからないが、教師として――それ以前に、大人として注意を促しておくのは当然のことだ。

「今すぐアプリを消すんだ」

「なっ、それってあたしに路頭に迷えってこと？　それとも、路上で男ひっかけろとか、トー横行って稼げとかそういうこと？　それとも家に帰ってママと知らない男がエッチしてる声を聞きながら寝ろって言ってる⁉」

「そ、そんなことは言ってないだろ……」

「じゃあ、泊まりたい時にここに泊めてよ。センセと繋がろうとしたのも、センセなら、大丈夫かなって思ったからだし。センセが、悪いこと出来ない人なのはわかってるから」

そこで彩世さんはハッとなって、

「あ、センセが童貞っぽいとか、そういう意味じゃないからね。それはとりあえずおいといて……」

「いや、お前……」

女子高生が童貞だとか、そういう言葉を使うのはやめろと提案しようとしたのだが、彩世

さんが被《かぶ》せるように言葉を続けてきて、

「そもそも、前に似たような話、れなちとしたことあったでしょ」

「れなち？」

「宇崎《うざき》さんのこと」

言われて、思い出す。

新学期初日、教科書を取りに行った帰りの廊下でのことだ。

「あの時にマッチングアプリの話をしたから、センセもしかして始めてたりと思って、探してみたのもあるし、それに、一年の時の、終業式の日の夜なんだけどさ。あたし、この近くの駅前のカフェで時間潰《つぶ》してる時あって、それでも、閉店の時間で店を追い出されてさ……そこで、センセを見たの」

「終業式の日……」

言われて、思い当たることがある。

それは学校の先生同士で飲んで、泥酔中の加藤《かとう》先生と共に帰宅中のことだ。

「センセ、イキってる若い男にナンパされてる塾帰りの若い娘《こ》に声をかけて、助けたでしょ？」

確かにナンパされている高校生くらいの女子がいて、うちの学生かどうかはわからないが、あまりにも嫌《いや》がっていたので、「何をしてるんだ」と声をかけたのだ。

「あれ、あたしの知りあいの遊び友達でさ。すっごい相手がしつこそうで、助けに入ろうと思ったら、センセが声掛けて……ほんと、センセにめちゃくちゃ感謝してたよ。めっちゃいい人だったって」

「そ、そっか……」

その時も、そんなことを言われた気がする。

「その上でセンセ、その子に連絡先とか聞かれて、お礼のデートにまで誘われたのに、学校名教えただけだったらしいじゃん。マジメ～」

バカにするように言いながら、脇腹《わきばら》を突いてくる彩世さん。

「教師なんだから当たり前だろ。別の学校の生徒とはいえ、相手は学生なんだから」

断りの文句もそれだった。

デートなんて出来るわけがない。

それに泥酔しているとはいえ、加藤先生も一緒にいたのだ。

かなり酔っていたので、加藤先生の記憶はないと思うけど。

「ま、センセがマジメなのは、学生相手じゃなくてもそうだったけどね～。と一ってもマジメなデートされちゃったし」

「う……」

彩世さんにそれを言われると、何も言い返せない。

とはいえ、

「お前だって学生じゃないか」

「でも、そうとは思ってなかったんでしょ？」

「思いたかったっていうか……かなり若いとは思ったし、それを指摘もしたじゃないか」

「ともかく！　マジメなのは悪いことじゃないけど、恋愛するならそれだけじゃダメ。オドオドしてて女慣れしてなさすぎだったし、頼り甲斐のない、非モテ男に違いないって思っちゃったもの。点数でいうなら、うーん……映画に誘ってくれたのは加点として、30点くらいかしら？」

「いや、オドオドしてたっていうか、さくらんさんが写真と違って若く見えたことで、混乱してたのもあるっていうか……」

「ほほう、プロフィール写真よりも可愛《かわい》くてドキドキしてたと」

「だから、そうじゃなくて……！」

「というかそれ、デートの前のやり取りには関係ないでしょ？　デート中の歩き方とか服装以前に、送ってくるメッセージも、はっきりいって硬すぎ。センセ、マッチングアプリ弱者すぎだって思ったもの。あたしの前に、誰《だれ》かとデート出来た女いたの？」

「うっ……」

　胸が痛くなるほどのダメ出しだった。

　続けて、彩世さんはにんまりと笑みを浮かべて、

「もしかして、あたしとは上手くやれてると思ってた？　それは、あたしがそういう風にリードしていただけなんだから、勘違いしないでよね！」

「ぐぬぬ……」

「まあでも、悪いところばかりでもなかったけど」

「えっ⁉　どこが⁉」

俺を追撃してきて、落ち込ませていた彩世さん。

そこにわずかながらの光が差した。

「どこがって……てかセンセ、食いつきすぎ」

「わ、悪い……」

それだけ落ち込んでいたのだ。

それは理解してほしい。

「ま、そんなモテたいっていうなら、あたしがいい男になる方法を教えたげる♡　そんかわし、今日はこのまま、ここに泊めて、お願い！」

胸の前で両手を重ねる彩世さん。

いい男になる方法が知れるのならば、ありがたいけど……。

「ていうか、なんで上から目線なんだよ。彩世さんはそんなに恋愛強者なわけ？」

「え、だって、よくさくらんの時みたいなカッコで歩いてたらナンパされるしっ。女だから、女がどういう男を好むとかはわかるわけだし、マッチングアプリでもめちゃくちゃ『いいね！』もらえるし」

「じゃあ、彼氏は？　いたことあるの？」

「う、うっさいわね。プライバシー詮索しないで！　で、どうすんの？　センセは受け入れるの？　それとも、受け入れないの？」

「受け入れないっていったら？」

「さっきの写真、クラスのグループチャットとかでバラまくから。知りあいからもらったものだって言って」

俺は大きなため息をついた。

それだけは勘弁してほしい。

「……わかったよ。じゃあ、今日だけな。そのかわり――」

「やったー！　それじゃ、これであたしとセンセのヒミツの関係、成立ね！　これでママが男を連れ込んでる時の部屋ゲット！」

「いや、今日だけって言ってたの聞いてるか？　代わりに、ちゃんと写真は消してくれよ」

「そんじゃ、まずはお家のチェックから！」

俺の話なんてまったく聞く気がないようだ。

彩世さんは家の中をぐるりと見回していく。

「う～ん、見た感じ大丈夫そうね。トイレとかお風呂《ふろ》も綺麗だし、ちゃんとゴミも分別してるし……ゴミ袋をいくつも台所の床に置きっぱなしにしてるのは減点対象だけど、それくらいしか減点がないだなんて……」

置いてあるのは食べ終えたカップ麺のカップやらコンビニ弁当のトレイが入っているもの、ペットボトルが入っているもの——そして、その他のゴミのもの、合わせて三つだ。

ちゃんと分別はしているとはいえ、ロクな生活をしていないのは丸わかりである。

「水回りもヘンな匂《にお》いとかもしないし、生活環境としては悪くなさそうね。八十点くらいはあるかしら」

彩世さんは再び生活スペースに戻り、ソファーに腰掛けた。

将来的に彼女と一緒に座って、映画でも見るかと思ってこの家に引っ越して来た時に買ったソファーだ。

（まさか、最初に自分の女生徒が座ることになるなんて……）

苦笑するしかない事態だった。

「ねえ、ちょっと」

ソファーの上で足を組んでいる彩世さんは、メガネの向こうの瞳《ひとみ》で俺を睨み付けるようにして続ける。

「女の子が家に来てるっていうのに、何も出さないつもり？　あたし、ちょっと喉《のど》がかわいてきたんだけど」

「ええと、お姫様か何かか？」

「生徒様よ。それに、女の子はみんなお姫様だし、大事にされたいの。イケメンでもないなら、そういう積み重ねが、恋心を得るには大事なの。それに、勝手に他人の家の冷蔵庫を漁るわけにはいかないでしょ」

「今更、何を言ってるんだか……」

とはいえ、彩世さんの言うことには、一理あるかもしれない。

一応は指導を受けているわけだし、これも女心の勉強のためだと、お茶を用意することにした。冷蔵庫に入っている、ペットボトルのウーロン茶。そのまま出したら、きっと文句を言われるに違いない。だから、

「ほら」

彩世さんの目の前にある、低いテーブルの上にお茶の入ったコップを置いた。ペットボトルからグラスにお茶を注《そそ》いで、氷も入れたものだ。

それを持ち上げた彩世さんが、手の中でくるくると回しながら、

「これ、ウーロン茶？　綺麗なコップだし、氷が入ってるのはポイント高いわね。褒めてあげてもいいわ」

やはりお姫様みたいだ。

女王様というか、姑《しゅうとめ》みたいでもある。

嫁をいびりそうなイメージの。

「あとはお茶請けもあればいいんだけど……」

「ないよ、そんなもん」

お茶に合うものはもちろん、家で間食はするタイプではないので、普通のお菓子ですら家にはない。

「む～、なによなによ。もしあたしを連れ込むことが出来た場合は、何を出す気だったのよ」

「そういう場合は……途中で何か買うことも出来ただろ」

何も考えていなかった。

なので、慌てて言い訳をする。

すると彩世さんはニヤニヤと笑みを浮かべて、

「じゃあ、これから一緒に買いに行く？　アレとかも、この家なさそうだし。もしかして、準備していたり……」

「あれ？」

「決まってるじゃん、ゴ・ム♡」

「は……？」

オーケーサインをつくるように、手で丸をつくって彩世さんは言った。

ゴムってつまるところ、アレ……だよな？

「お前、なにを言って……！」

「あははっ、えっちー。センセ、顔真っ赤《まっか》だよ。かわいー。センセなのに性教育、足りてなかったり？」

「――っ。大人を揶揄いやがって……！」

ちなみにそんなものは――用意してないことはない。大学時代、飲み会の最中に、男友達からもらったものが、その棚の上にある小物入れの引き出しの中にある。

もしもの時のためのものとはいえ、もちろん、生徒相手にそれを言えるわけがないので、黙っておくことにした。

「もう今日は家を出る気もないし、お茶だけで我慢してくれ。腹減ったなら、カップ麺でも食えばいいだろ。あと、俺はもう寝たいんだけど……」

「ええ、もう寝るの？　まだセンセと何もしてないようなもんだし、そこの本棚にたくさんあるマンガ、読んだことないのたくさんあるし、よく見てみたいんだけど」

立ち上がって本棚に向かう彩世さん。

眺めながら、そんなこと言う。

「明日からは学校があるんだぞ。まだ十時過ぎとはいえ、昨日はあんまり寝られてないし」

「はは～ん、つまりデートにドキドキして寝られなかったと。あたしのせいで寝られなかったと、そういうこと？」

　からかうように言いながら、今度はソファに座ってる俺に引っ付いてくる。俺は立ち上がり、その身体から逃れるようにして、

「……む〜、わかったわかった。じゃあ、もういいし。すぐに寝たげるから」

「本気で泊まる気なんだな……」

「今更？　当然でしょ？　少しずつとはいえ、もういろいろとご指導も始めてるし、こんな時間から女の子を一人で家に帰す気？　そっちのほうが危なくない？　その行動は0点よ、間違いなく0点！」

「その場合は、送るかタクシーで……」

「それは40点くらいになるけど、そもそも、赤点。そういう気遣いは必要ないから」

　つまらなそうに唇を尖《とが》らしたあとのこと、にこりと微笑んで、

「ってことで、お風呂入る。シャワー、貸して♡」

3

　シャアアアアアッ……と、シャワーの音が聞こえている。

　自分の家のシャワーなのに、どこか普段と違う音に聞こえるのは、シャワーヘッドから噴

き出すお湯が、彩世さんの若くてピチピチの肌の上を跳ね回っているせいだろうか。

この家で、異性がシャワーを浴びている音を聞くのなんて、もちろん初めてのことだ。

（男友達が泊まった時はそんなの気にならなかったのに、なにドキドキしてるんだ？　俺は教師で、シャワーを浴びてるのは教え子なんだぞ……）

自分に言い聞かせるように心の中で呟《つぶや》いて、小さく深呼吸。

しかし脳裏を過ぎるのは、デートが決まってから、デートまでの間に最高の展開として妄想していた、さくらんさんこと、さくらさんの裸体で——

（ダメだ、ダメだっての……！）

とりあえず落ち着くために、ソシャゲのデイリーでもこなすとしよう。このあと、やる余裕もなさそうだし。

「女の子の相手しないでその前でソシャゲとか0点！　あり得ない！」なんて、彩世さんに言われそうだからだ。それくらいは俺にもわかる。

なにより普段通り過ごしていれば、心の乱れも治るだろう。

ということで、ソシャゲを開始。そのまま十分、十五分と時間が過ぎていって——もうシャワーの音が聞こえないが、彩世さんがお風呂から出てこない。

（……女の風呂は長いっていうけど、本当なんだな……。いや、もしかして、のぼせてたり……？）

保護者（?）として様子を見に行くべきなのだろうか……と、心配になってきたところでのことだ。

バンッ！　と音を立てて、勢いよく扉が開いた。

「減点っ！」

室内に響いた声。

同時に部屋に飛び込んできたのは彩世さんだ。

「なんだよ、減点って……！」

「待ってたのに、様子見に来ないんだもの。これがマンガやアニメで、お風呂でキャアアアアッ……！　みたいなラブコメ展開期待していた読者がいたらブチギレよ！　申し訳ないと思わないの？　お約束でしょ！」

「お約束って、お前――」

黒髪モードで髪を下ろし、Yシャツ姿の彩世さんを見て、俺はごくりと唾を飲み込んだ。しかも前のボタンをどれも留めていないし、ブラは思いっきり透けて見えている。

「それ、俺のYシャツじゃないか」

なぜ勝手に俺のものを着てるのだろうか？

理解が出来ない。

「ほら、あれよ。彼くんのシャツが彼女のパジャマって感じ？」

彩世さんがくるりと回転する。

ふわりと、プリーツスカートのように、シャツの裾《すそ》が揺れた。

「どう？　かわいかろ？」

「それ以前に、女子高生がする格好じゃないだろ……」

その回答を聞いた彩世さんは、嬉《うれ》しそうにニヤッと笑みをつくって、

「あれ？　生徒を女だって意識しないんじゃなかったの？　もしかして、意識してる？」

揶揄うようにそう言いながら、接近してくる彩世さん。思いっきしシャツに透けて、ブラも見えている。

「いや、意識してるとかしてないじゃなくて、教師として常識的な話をしてるんだっての！」

俺は両手を伸ばして止めるようにしながら答えた。

「ともかく、自分の身体を大切にしろって」

「む～……大切にしてるから、ここにいるんじゃん……」

ふて腐れたように言って、ぷくりと頬《ほお》を膨らませる。

「着替え、持ってないのか？　それならなんか上着、持って来るけど」

「いらない。あたし、寝る時は薄着派だし」

それだと、目のやり場に困ってしまう。

どうしようと考えて、

「なら、ベッドに入っててくれ。俺は風呂に入るから」

「えっ、ベッド⁉　いいの！　やった〜♡」

一応、レディーファーストというやつだ。それに床で寝かせるのはもちろんのこと、ソファーですら彩世さんは文句を言うに違いない。

0点をつけられること間違いなしだ。

「わ〜い♡」

ぼふり、とベッドにダイブする彩世さん。その姿を見てやれやれとため息をついたあとのこと。

「センセ、いってら〜！」の声を背中に受けながら、俺は風呂場に向けて歩き出した。

×　×　×

お風呂から出て、タオルで頭や身体を拭いたあとのこと。

スマホを見ると、袴田《はかまだ》からのメッセージが届いていた。

俺にマッチングアプリを教えてくれた袴田。

マッチングアプリで運命の女性《ひと》と出会って結婚する、あの袴田である。

どうだ？　婚活上手くいってるか？


上手くいってるどころか、いきなりヤバいことになっているが、もちろんこんな状況、説明することも相談することも出来ない。

上手く行ったあとなら笑い話になるかもしれないが、今は自分で乗り越えるしかないことだ。

なので既読スルーをキメることにして、パジャマに着替え、脱衣所を出た。

（もう寝ててくれたら、気が楽なんだけどな……）

なんて、そんなことを思いながらお風呂を出ると、扉の向こうにある部屋の照明が消えていることに気付いた。とはいえ、完全にというわけではない。ぼんやりとしたオレンジ色の灯りだけが隙間《すきま》から漏《も》れている。

彩世さんは寝る時は真っ暗にするのではなく、常夜灯をつけるタイプなのだろうか？

でも、これはもう寝てるに違いないと期待をしながら扉を開くと、

「えっ……？」

ベッドの上でお休みしている子猫のように身体を丸めた形で、色っぽく微笑んでいる彩世さんの姿が目に飛び込んできた。

「センセ、待ってた♡」

啞然《あぜん》としている俺に、甘い声を投げかけてくる彩世さん。

着ているのはもちろんさっきのシャツだけ。

ブラや下着だって見えている。

「ほら、はやくこっちにきて♡」

言って、俺に向けて伸ばした手の五指を小指から折りたたんでいく。

いかにも挑発する女性。

淫靡《いんび》なポーズだ。

少しドキッとしながらも、俺は冷静を装って訊ねる。

「な、なんのつもりだ？」

「旦那様を誘惑する若妻、みたいな？」

「——っ。何を考えてるんだ、お前はっ！」

手を伸ばし、スイッチをカチカチと切り替えて、部屋の照明を全《すべ》て点けた。

すると、彩世さんは不満げに頰を膨らまして、

「ええっ、せっかくムード出したのに！　それに、センセがベッドで待ってろって言ったんじゃない。だから準備して待ってたのに……！」

「俺は寝てろって言ったと思うんだが……」

「えっ、寝込みを襲う方が好み？　もしかしてセンセ、そういう性癖？」

「襲わないっての！　それがわかってるから、お前はここにいるんじゃないのか」

「……でも、女の子と一緒の布団《ふとん》で寝て、何もしない男ってのも、ちょっとどうかと思うんだけど……」

「俺が寝るのはそこのソファーだよ」

「えっ」

俺は部屋のクローゼットを開いた。

そこから友達が泊まりに来ていた時に使うために置いてあった、昔使っていた掛け布団や枕《まくら》を取り出していく。

「枕は今使ってる方を使うから、お前のはこっちな」

「ど、どういうことなのよ、これ！」

俺が投げた枕をキャッチしながら、声を荒げる彩世さん。

「どういうことも何も、ベッドは譲ってやったんだからさ。これって、高ポイントだろ？」

「そんなわけないでしょ！　バカ！」

「なっ！」

どうして、こんな目に遭わなければならないのか。

俺は思いっきり、普段使っている枕を投げ付けられてしまった。

×
×
×

「そんじゃ、寝るぞ」

ふて腐れたように、俺に背中を向けて眠っている彩世さんに声をかける。

返事はない。

俺は部屋の電気を消して、ソファーの上に寝転がった。

（はやく眠ろう……）

その方が気が楽だと思ったのだが、

「ねえ、センセ」

と、少ししたところで彩世さんが声をかけてきた。

「修学旅行みたいだよね。恋バナとかしない？　センセの過去の女遍歴とか聞きたい。ないんだろうけど」

「修学旅行気分は、さっきの枕投げだけで十分だっての」

「え～、つまんない」

「いいから寝ろ。明日からは学校があるんだからさ」

「……なんか、センセみたい」

「先生だっつの」

「う～……恋愛の方ではあたしの方がセンセになったのに。だから、女と一緒に寝る時、どういうことすればいいかを、教えてあげようと思ったのに」

「会った初日にいきなり同じ布団で寝るってのがどうかというのは、俺でもわかるぞ」

「でもあたしとセンセは会った初日じゃないじゃん」

「先生と生徒なら、初めてとか関係なく、更にダメだろ」

　この状況でもだいぶダメなのに。

「じゃあさくらんの姿になれば？」

「それでもお前はお前だろうが。もう寝るから。話し掛けてくるな。金輪際、お前に何があろうと、二度と泊めないぞ」

「むーっ……わかったわよ。おやすみ」

　昨夜は緊張していてなかなか眠れなかった。それだけに、こんなわけがわからない状況でも、目を瞑《つぶ》ればすぐに眠れるかと思ったのだけど……。

（全然、眠れない……）

　このままだと明日一日、保《も》つ気がしない。明日は夜まで学校関係の予定があるし、もしかしたら、途中で倒れてしまうかもしれない。

（こんなはずじゃなかったのにな……）

　いや、ある意味最良の妄想通りの展開とはいえ、本当に、どうしてこんなことになったのか。

「すーっ……すーっ……」

少しすると、彩世さんの寝息が聞こえてくる。

すでにぐっすりと眠っているようだ。

彼女の話からすれば、他人の家で寝るのにも、慣れているのだろう。

(異性の家でも、それは同じなのか?)

それとも俺のことを本当に信頼しているのか、男と思っていないのか、先生という立場を守ると思われているのか——

いずれにしても、緊張してる俺がバカみたいに思えてくる。

そもそも異性だからといって緊張しているのもおかしな話だ。

相手は生徒なのだし、すでに眠っている。

そう思うと、やがて緊張も解けてきて——

すぐに俺も眠りにつくことが出来た。

第三章 〉 いろいろな恋のカタチ ―――― 03

「分別を忘れないような恋は、そもそも恋ではない。」

（トーマス・ハーディ）

1

「……しゅうさん、起きてください……」

――朝。

耳元で聞こえる声。
俺《おれ》を闇《やみ》の中から光の世界へと呼び戻す声だ。
「……しゅうさん、起きて……」
その声の主《ぬし》を俺は知っている。
俺がマッチングアプリで出会った女性さくらんさん。

――ではなくて。

「ねえセンセ、起きてってば」

その声は、俺が担任をするクラスの出席番号二番――彩世咲来《あやせさくら》さん。

年齢を偽りマッチングアプリに登録。名前を「さくらん」としてウィッグまでつけて雲母坂《きららざか》先生風に変装し、俺にアプローチをかけてきた。

結果、俺は「さくらん」さんが彩世さんと知らずにデートしてしまう。

「さくらん」さんが彩世さんだと俺が知ったのは、デートの後のこと。

彩世さんが俺をストーキングしてきて、家に無理矢理押し入り、既成事実という名の写真を撮影。それを脅しに、今晩泊めてとお願いされたあとのことだ。

いろいろあった結果、俺は押し切られる形で、一晩だけ彩世さんに宿泊を許することになってしまう。

そして、俺のベッドで眠ることになった彩世さん。

もちろん何もしていない。

教師として当然のことだ。

俺はベッド近くのソファーの上で眠っていた……はずなのだけど、

(もう朝、なのか……?)

カーテンの隙間《すきま》から漏《も》れている陽射《ひざ》しで理解する――と、ほぼ同時のこと、身体に柔らかなぬくもりが触れていることを感じた。

続けて耳元で囁《ささや》かれる。「ねえ、センセ……起きてくれないなら、キス、しちゃうよ？　それでも起きないなら、もっとすごいこと……なんて♡」

ゾクゾクッと、背筋が震える。

ふぅう……と耳元に息を吹きかけられたからだ。


「うっ、うわあああああああああっ⁉」


俺は飛び上がるようにしながら身体を起こして、

「な、何をするんだよっ――って……あれ……？」

左右を見る。

ソファーの上には俺一人。

部屋の中にも俺一人だ。

ベッドも空いている。

（夢、だったのか……？）

時間は変わらず朝。

カーテンの隙間から陽光が射している。

（いったい、どこから夢なんだ？　もしかして、昨日のことも夢だったり？）

もしかしてこれからさくらんさんとのデートが始まる――だなんてことはもちろんなかった。枕元《まくらもと》においてあったスマホを手に取ると、今日は日曜日ではなくて月曜日。

それどころか「さくら」さんもとい、彩世さんからＬＩＮＥのメッセージが届いていた。

起こそうとしたけど
起きなかったから
先に帰るね！
学校でもよろしく！

続けて表示されているのは、パンダのような可愛《かわい》らしいマスコットが、よろしくねと頭を下げているスタンプだ。

「まったく……」

はぁ……と小さく嘆息する。

（それに、どうして俺はあんな夢を……）

とはいえ、記憶に微《かす》かにある彩世さんの声。

「……しゅうさん、起きて……」

「……ねえセンセ、起きてってば……」

二つの声が重なる。

どこからどこまでが夢だったのだろう？

睡眠不足のせいか境界が定まらない。

結論は出ず、記憶は曖昧《あいまい》なままだった。

2

登校して教務室に入る。

ゴールデンウィーク明けとはいえ、今のところ特に変わらない、普段通りの職員室だ。

違うところといえば、お土産があったり、どこに行ったなどの会話があるだけ――それはつまり、彩世さんとのデートを誰《だれ》にも見られていないということだろう。

デートのことや、そのあとのことを、彩世さんが言いふらしたりもしていないようだ。

学校での噂なんてすぐ広まるもの。

もし噂が欠片《かけら》でもあれば、俺が教務室に入るとともに、こそこそと教師同士が話を始めていたり、厳しい女教頭がメガネを光らせながら俺を呼びつけてくるに違いない。

とはいえ、不安がないわけでもなかった。

彩世さんが悪い子ではないのはわかっているけれど、何をしでかすのかはわからない危うさがあるのは確かだからだ。

(このまま何も無ければいいんだけどな……)

そう祈りながら席に着いてからは、登校してきた加藤先生と、雲母坂先生といつものように他愛もない話をしていた。

どうやら昨日加藤先生は顧問を務めているサッカー部の練習試合があって、大勝だったようだ。

体育会系の部活は土日どころか祝日や連休が潰《つぶ》れることもあり、本当に大変だと思う。

それこそ恋愛などする暇はないだろう。

(まあ、雲母坂先生にはデレデレだけど……)

そんな雲母坂先生風にしてみたと言っていただけに、彩世さんの変装は確かに似ていたと思い返したところで、

「どうかしましたか?」

と、雲母坂先生に話し掛けられてしまった。

どうやらぼーっとしていたようだ。

「え、ええと……」

どう説明したらいいものかと迷っていると、新しい週の始まりを迎えたばかりの校舎に鳴

り響く予鈴に助けられた。俺は他の先生たちと共に教務室を出て、自らが担任を務める2―Bの教室に向かっていく。

朝のホームルームと、一限目の現国の授業で教壇に立つためだ。

よりによって、今日は朝イチの授業が担任のクラス。

教務室でも何もなかったのだし、教室でも何もないだろうと思いながらも、少し緊張しながら俺は教室の扉を開けた。

週明けということもあってざわめき、どこか浮ついた雰囲気を感じる教室。

でも俺が入ると、一瞬にして、しんと静まり返った。

これも普段通りではある。

出席も普段通り全員出席だ。

彩世さんだっている。

ちらりと俺は、その彩世さんに視線を向けた。

昨日デートしたり、家《うち》に押し掛けてきたりした彩世さんとは別人のようにしか見えない、三つ編みにメガネ姿の清楚《せいそ》な文学少女風の彩世さん。

同時に脳裏を過ったのは、ベッドに寝転がり、俺を誘惑するポーズを取る彩世さんの姿で――

（いやいやいや、俺は何を思い出してるんだ……？）

ぐっと目を瞑《つぶ》り、集中、集中と、自分に言い聞かせる。

これ以上ヘンなことを思い出してはならない。

(よし……!)

落ち着いたところで目を開いた俺は、そのままの勢いで、なんとかホームルームと一時限目の授業を、最後まで、たぶんいつも通り、終えることが出来た……はずだった。

×　×　×

「はぁ……疲れた……」

職員室に戻って席についた俺は、思わずため息をついて、そんなことを口走ってしまった。

彩世さんのこともあって、緊張していたのかもしれない。

いつも通り授業をすることは出来ていたと思いたいけれど、いつも以上に疲れてしまった。

なので、そのまま頭を垂れたような格好で少し目を閉じて休んだあとのこと。

俺は普段の休み時間と同じように、机を開いてスマホを手に取った。

うちの学校の場合、教職員は何かしらの理由がないと、基本的には授業中にスマホを持ち歩いてはいけないルールになっている。

だからこうして机の中にしまい、授業に向かっているのだ。

その間に届いてる通知などを見るために、こうして休み時間は、教務室でスマホをチェックする教員も多い。

見れば一通、ＬＩＮＥのメッセージが届いていた。

相手は――彩世さんだ。

センセ、おはよ☆
あたしのこと意識してたりする？
時々見てるけど。

続けて、ニヤニヤと笑った犬のスタンプがはられている。

そんなメッセージとスタンプを見た俺は、思わず頬《ほお》を引き攣《つ》らせてしまった。

確かに彩世さんの態度が気になって、何度か視線を向けてしまったのは事実だ。

それでもいつも通り授業をしているように見せたつもりだったし、そうしているつもりだったけど、彩世さんにはバレバレだったようだ。

それはそうとして、いったい彩世さんは、いつの間にこんなメッセージを送ったのだろう？

受信時間を確認すると、思いっきり授業中。

無論、生徒も授業中のスマホ使用は厳禁だ。

目を光らせて監視をしているが、あの手この手を駆使して、生徒たちがスマホを使用していることは知っている。

とはいえ教師である俺に、こうしてメッセージを送ってくるだなんて――

（意識しすぎて、あえて見ていない隙を狙《ねら》われたのか……）

なんにしても、教師として叱るべきだろう。

そう決めたところで、

「何を見ているんですか？」

「うわわっ⁉」

横から雲母坂先生が覗《のぞ》き込んできたものだから、気が動転して、スマホから手を離してしまった。落としそうになったそれを慌てて宙でキャッチし、背中に隠して、

「ええと、友達からのＬＩＮＥで……」

「……本当ですか？」

俺の答えを聞いた雲母坂先生は、そんな風には見えなかったと言うように、疑わしそうな視線を向けてくる。かと思えばニヤリと笑みを浮かべて、

「もしかして、彼女さんとのやり取りだったり？」

「い、いや、違いますって！」

「うふふ、すみません。からかってしまって。冗談ですよ。はい、お茶どうぞ」

「ありがとうございます」

どうやら一時限目、雲母坂先生の授業はなかったようだ。

そういう時は、こうしてお茶を出してくれる。

ちなみに加藤《かとう》先生は教務室にいない。月曜日は一時限目、二時限目と連続で体育の実技の授業が入っているので、そのまま校庭にいるのだろう。

週始めから、本当に元気な人だ。

雲母坂先生が離れていき、一人になった俺は、再びスマホと向かい合い、

授業中にLINEをするな！


と彩世さんに送っておいた。

怒りマークの教師のスタンプもつけてだ。

そして再びお茶に手をつけると、すぐに彩世さんからメッセージが返ってきた。


ごめんなさい。

続けて「てへ♡」と両手の指を頬にあてた、悪びれてなさそうな女の子のスタンプが送ら

れてくる。次のメッセージもだ。


次からちゃんとするから。

センセも授業がんばって！


続いて「がんばるぞー！」と両手の拳《こぶし》を握り締めて、やる気を出している女の子のスタンプが届いた。

（俺は二時限目、授業がないんだけどな……）

苦笑してばかりだ。でも、なんかこんな他愛のない会話をするの、なんだか学生の恋人同士みたいだなんて思ったりもして――

（でも、立場は教師と生徒なんだよな……）

ある意味で恋人ができた時の予行練習にはなるが、本当にどうしたものかと頭を抱えたところで、予鈴が鳴り響いた。

二時限目に授業をもっている雲母坂先生たちが教務室を出て行く。

残ったのは、俺を含めた授業がない先生たち数名だけ。

授業のない空きコマ。

とはいえ、もちろんやることがないわけじゃない。

午後の授業で行う小テストの印刷やら、近づく中間テストの内容の決定、今日の会議で読み上げる報告書づくりやら、やることがたくさんあるのが教師なのだ。

それに今日は、担任を持っている教職員全員参加の職員会議からの、懇親会という名の教職員全員参加の飲み会が、夕方から夜に予定されている。

よって放課後は潰れるということもあり、今日他に空きコマがない俺は、明日朝イチの授業の準備も今のうちにしておかねばならない。

ちなみにお昼ご飯を二時限目のうちにとっておくのも、やることの一つだ。

教師の昼休みは休み時間ではなく、学校内の見回りをしたり、生徒たちからの相談を受けたりする仕事がある。

それに俺は司書教諭としての仕事もしなければならなかった。

司書教諭とは、学校の図書室関係の業務をする教員のことだ。

大学時代に俺はその資格を取っていた。

よって司書教諭を教師が兼任することも多いこの学校の図書室の担当を俺はしている。

かわりに部活の顧問はしなくてもいいのだけど、司書教諭も大変な仕事なわけで……。

なにせ、この学校の司書教諭は俺だけ――図書委員の生徒たちの協力はあれど、入荷する本や、寄付された本の承認やチェックは全《すべ》て俺の仕事だ。

テストの印刷や今日の会議の資料読みが終わったところで届けられた宅配弁当を食べると、

ちょうど昼休みがやってきた。

戻ってくる先生たちと入れ替わるようにして、俺は図書室に向かって教務室を出る。

×　×　×

始まったばかりの昼休み。

しんと静まり返った図書室でただ一人、俺は司書教諭の仕事を始めた。

それから十分も経《た》ってない頃のことだ。

ガラリと音を立て、図書室の扉が開いた。

(ずいぶんと早いお客さんだな)

図書室での食事は禁止ということもあり、昼休みに入ってすぐ来る学生は少ないだけに珍しい事例だ。どんな生徒か気になって、ちらりと視線を向ける。

するとそこにいたのは、メガネで三つ編みの、いかにも文学少女風の少女な――

(――って……)

俺は硬直してしまう。

なぜならその少女が彩世さんだったからだ。

貸し出しカウンターの奥にいる俺の側へと近づいて来た彩世さんは、

「やっほ〜、センセ☆」

と広げた片手を左右に振りながら挨拶《あいさつ》をしてきた。

苦虫を嚙《か》み潰したような表情で俺は訊《たず》ねる。

「昼飯はどうしたんだ？」

「いいの♪　今日はお昼、抜くつもりだったし。昨日はいいもの、センセにたくさん食べさせてもらったしね☆」

俺は呆《あき》れたようにため息を吐いて、

「そういう話は学校ではするなって。それに制服メガネの三つ編み姿でその喋《しゃべ》りをされると、なんか違和感あるな……」

彼女が普段いる学校のせいでもあるだろう。それにヒミツの関係だとかなんだとか言っていたのはなんだと思う中で、彩世さんは俺の背後に回り込んで、

「いいじゃん、他に誰もいないんだしさ。いたらこんなんなら、イチャイチャしたって問題ないわけで」

「――って……おい！」

思わず叫んでしまったのは、椅子《いす》に座っている俺の背後から、彩世さんが首元に両腕を回してきたからだ。といい匂《にお》いがするし、おっぱいだって当たっている。

「センセ。今日の放課後、暇？」

頬が触れ合いそうな距離で、彩世さんが訊ねてくる。

「やめろって……！　こんなとこ、誰かに見られたら……」

「暇なの？　暇じゃないの？」

はぁ……と、再びため息をついて俺は答える。

「今日は放課後に職員会議があるし、その後も夜遅くまで予定があるんだ。暇はないっての」

「えっ、もしかしてデートとか？　誰かとマッチングしたの？」

「そういうのとはまったく関係ない用事だ」

懇親会のことは生徒には言えない。

それが教職員内のルールになっている。

「む～……。さっそくご指導してあげようと思ったのに……」

つまらなそうに唇を尖《とが》らせながら、俺から離れていく彩世さん。

やっと離れてくれて、ほっとする。

「まったく……教師が暇だと思うなよ。授業のあとだって仕事はあるんだ。平日に時間をつくるのは、そう簡単じゃないんだって」

「はいはい、そうだね～。だから出会いがないって、マッチングアプリを始めたんだもんね～。知ってる知ってる。さくらんよく知ってる～」

すぐそばの椅子にぽふりと座り、煽るような笑みを向けてくる彩世さん。

今の姿では、その態度は違和感バリバリだ。

しかもまだ彩世さんを「さくらんさん」と思っていた時のメールのやり取りを蒸し返されてしまうだなんて――完全にからかわれている。

からかい上手の彩世さんか。

やり返せるとしたら、

「……そうだ。LINEでも送ったけど、授業中にメッセージを送ってくるのはやめろっての。学校のルールとしてアウトだろうが」

「え～、そのこと？　それはほら、センセがあたしの方を見てるから悪いわけで……」

「そりゃ、気になるのは気になるだろ……」

「えっ、あたしのこと気になるの？　やだな～、もう！　照れる！」

椅子を回転させながら、ばんっ、と肩を叩《たた》かれてしまう。

「……気になるってのは、何をしでかすのか気になるってやつだからな」

「だいじょぶだいじょうぶ。センセを困らせることなんて絶対しないから♡」

ほんとかよ、と思ったところで彩世さんは椅子のキャスターを転がし、普通に喋るだけで息がかかるくらいの距離まで俺の耳元に顔を接近させてきて、

「そんでなんだけど、平日がダメってなら、週末はどう？　ご指導、ちゃんとしてあげるから♡」

さっきから言っているご指導というのは「マッチングアプリでモテる方法」ということなのだろう。それを教えてもらえるのは、本当にありがたいことなんだけど……。

そこでガラリと扉が開いて、数名の生徒たちが図書館に入ってきた。

慌てて俺たちは離れて、

「おっと人が来ちゃった。それじゃ、センセ。考えといてね！」

椅子から立ち上がり、図書室を出て行く彩世さん。それからは何事もなく昼休みも、午後の授業も終わって——放課後の職員会議、そして懇親会の時間がやってきた。

3

「それでは、同じ学び舎で働く仲間同士、今日は楽しくやりましょう！」

遅れて来る先生たちも数人いるとはいえ、だいたい全員揃《そろ》ったところで懇親会開始時刻の十九時になり、校長による乾杯の挨拶が開始された。

「それでは、乾杯！」

続けて参加者たちの「乾杯！」の声が揃い、飲み会がスタートする。

席は決められていて、同じ学年の担任同士のテーブルになっていた。俺が担当する2—B以外の他の二年のクラスの担任は、どちらもベテラン、四十代の男性教師だ。

それだけに緊張もするし、遠慮もする。飲み会が始まってからしばらくの間、俺は二人の先輩の話に相槌を打つしか出来なかった。

でも次第に酒も入ってくると、かなりくだけた感じになってくる。

困ったことがあったらなんでも相談してくれなんて、先輩たちから言われたりもして。

(それはありがたいんだけど……)

ちなみにこの懇親会の前に行われた職員会議といえば、新学期が始まって一ヶ月と少し――ゴールデンウィークも終わって、新しく担任を受け持ったクラスで、想定外の問題は起きていないかというのが主な議題だった。

今のところ、俺のクラスを含めて特に問題は起きていないようで、職員会議自体はすぐに終わったのだが、俺と一人の生徒の間には、少し問題があるわけで――

(いっそ二人に彩世さんのこと、軽く相談してみようかな……)

もちろんそんな話、職員会議ではできなかったし、ここで相談するにしても、言い方は気をつけなければ、ヘンな風に捉《とら》えられてしまうだろう。

どう相談しようかと悩んだ結果、遠回しに俺は切り出した。

「ええと、それなら一つ、相談したいことがあって……生徒との距離感についてなんですが」

「距離感、ですか?」とA組の吉田先生が訊ねてくる。

「はい」と俺は頷《うなず》いた。「担任ですし、これまでよりも親身に、なんて思うんですが、どこまで、その……生徒と親しく接していいのかというか……もちろん、友達ではないわけで……」

「何を言ってるんですか、木崎先生。俺は友達みたいなもんですよ。生徒とは！」

ははは と、笑いながら近づいて来たのは加藤先生だ。手にビールの中ジョッキを持っている。すでに顔も赤くなっているので、かなり飲んでいるし、酔ってもいそうだ。

ちなみに加藤先生の場合、確かにその通りとしか言いようがない。部活の指導を行っている時の加藤先生が、生徒たちと友達みたいに接しているところを俺は何度も見ている。

「出来れば友達みたいに、ですか」

加藤先生に続けて、その言葉を復唱するように現れたのは校長だった。加藤先生とは違い、手に持っているのは焼酎のグラスである。

どうやら席替えの時間のようだ。

「とてもよいことですが、あまり距離が近づきすぎると、恋愛感情なども生まれることもありますからな。そこは気をつけてくださいよ。特に――」

とすぐ近くにいた雲母坂先生の方を見て、

「雲母坂先生はお綺麗《きれい》ですし、女性的な魅力にも溢《あふ》れていますから、生徒からアプローチを受けることも多いでしょうし」

「校長、それはセクハラですよ」

キラリとメガネを光らせて、ツッコミを入れたのは教頭だ。

同時に、男性教師一同がギクリとする。

女性的魅力と校長が言った直後、大抵の教師たちの視線が、雲母坂先生の豊満なバストや大きなお尻《しり》に向けられていたからだ。

もちろん、俺もそれは変わらない。

「あー、いやはや、申し訳ない。怒られてしまいました。厳しい時代になりましたなあ」

校長は誤魔化《ごまか》すように笑いながら、頭髪のない自らの頭を叩いて、

「まあ、距離感を間違うと大変なことにもなりますので、気を付けてくださいな。多様性の社会、いろいろな恋のカタチがありますし『分別を忘れないような恋は、そもそも恋ではない』という格言もあったりします。とはいえ、生徒との恋愛は御法度ですからな。はっはっは」

そう言い残して立ち去っていく校長。なんだか自分にプレッシャーをかけられている気分になってしまって、とてもつらい気持ちになってしまう。

同時に違う意味で、プレッシャーを感じてしまった先生がいたようだ。

「えっ、ええと……雲母坂先生っ！」

「どうしたんですか、加藤先生？」

「あ、あのですねっ、雲母坂先生は、その生徒から……告白されたりすることはあるんですかっ⁉」

真っ赤《まっか》に染まった目で、必死に見つめながら訊ねる加藤先生。ちょっと怖い。対する雲母坂先生は、ぽかんとした表情を浮かべていた。

ちなみにぽかんとしているのは俺も同じだ。

そこを深掘りするとは思っていなかった。

（加藤先生……大丈夫か？　酔いすぎてない？）

加藤先生からは、雲母坂先生への強い感情が溢れすぎている。

もちろんそれに気付いているのは大抵の教師たちも同じで——しん、とその場が静まり返っていた。やっとそれに加藤先生は気付いたようで、ハッと我に返って、

「いや、その……そういうことがあった時、雲母坂先生はどうされるのかと思いまして……参考にというか、いや、俺なんかが、何のって感じですが……ははは」

アセアセである。一気に酔いが覚めた感じだ。そんな加藤先生に対してにこりと、雲母坂先生は微笑んで、

「ああ、そういうことですか。それなら、お答えしますよ」

椅子から立ち上がり、真剣な表情で加藤先生と向かい合う雲母坂先生。

真剣な眼差《まなざ》しを向けて、彼女は語り出す。

「好きって言われるのは嬉《うれ》しいけれど、そういうのは、将来巡り会う大切な人にとっておくべきだと先生は思うの。卒業後、気持ちが変わらなかったら、また先生に伝えて」

再び場が凍り付いた。ある意味、普通に拒絶されるよりも厳しい。相手にしてないと言ってるようなものだからだ。

「――！」

加藤先生もショックを受けて凍り付いている。

言われたのは、加藤先生でなくて生徒なんだけど。

もはや言われた生徒気分なのだろう。

「こんな感じ……ですかね♡」

にこりと、元の雲母坂先生に戻って微笑み、椅子に腰を下ろしたことで、俺たちは解凍されることになった。加藤先生もだ。

「ははは、あ、ありがとうございます。参考になりました」

「どういたしまして」

相変わらず笑顔のままの雲母坂先生。本当に慣れている対応というか、あしらい方のようだ。

対して加藤先生は机に突っ伏し、ぐったりとしている。

「ええと、加藤先生。ほら、ビールだよ～？　いくらでも飲みな～」

なんて、先輩の女性教師からからかい混じりに気遣われていたりして――

なんにしても今のやり取りで、加藤先生の雲母坂先生の攻略は、更に難しくなった気がする。

加藤先生が怖じ気付いてしまうのではないかと思ってしまったからだ。

なんにしても、がんばれ、としか言えない。

口には出せないし、思うだけだけど――

それからしばらくして、明日も学校があるということで、一次会だけで飲み会は解散。

俺はその後も先輩教師たちに飲まされ続け、ぐでんぐでんになった加藤先生を連れて、共に二人の自宅がある最寄り駅に向けて、電車に乗ったのだった。

4

最寄り駅に到着したあとのことのこと。

俺は加藤先生に肩を組まれるようにして絡《から》まれていた。

「木崎先生、近場であと一杯、どうですか？　あの校長の嫁が元生徒だって話とか、三年の南先生は、女子〝校〟生風俗の風俗嬢にガチ恋してハマってるとか、いろいろしたい話はあるんですよぉ。だから俺の家、もしくは木崎先生の家で。ひっく……」

「いや、明日も学校あるから……」

なんかとんでもない話を聞いてしまった気もするが、聞かなかったことにしよう。

気になるけど。

昨夜は彩世さんのせいで睡眠不足。

今日は加藤先生のせいでとなれば、さすがに身がもたない。

酒が入ってることもあって、眠くて仕方がないというのもあった。

「俺はコンビニに寄って、酔い覚ましの水と、朝食のパンでも買って帰ろうと思うんですが、加藤先生は――」

と、訊ねながら、加藤先生の身体を俺から引き離そうとした瞬間のことだ。

（あっ……）

目の前にある喫茶店。

窓を通したその向こう側に、彩世さんらしき姿を発見してしまった。

学校とは違いメガネを外して、髪型も、その色も、ウィッグで変えている。着ている服もかわいらしい、いわゆる外行き姿の彩世さんだ。

思わず俺が足を止めてしまったので、結果、加藤先生の腕から逃れることが出来た。

ただそのせいで、

「痛てッ！」

加藤先生は地面に倒れ込んでしまう。

「なにするんですか、木崎先生っ！」

「あっ、すみません……」

倒れた加藤先生の腕を摑《つか》んで起こすようにしながら喫茶店の中を再び確認。

(間違いない……やっぱり彩世さんだ……)

テーブルの上には、飲みかけのアイスラテ……だろうか？

小さめのタブレットパソコンを片手に、何かを読んでいるように見える。

きっと漫画に違いない。

「で、木崎先生。なんでしたっけ。コンビニでお酒買って、木崎先生の部屋で飲むんでしたっけ？」

「いや、そんな話をした覚えは……と、ちょっと本屋にも寄りたい用事があったなって思い出しまして、では、ここでっ！」

「あっ、木崎先生っ！」

加藤先生を引き起こしたあと、俺は逃げるようにその場から退散。駅の方へと走り去っていく……フリをして、柱の影に隠れた。

その場所から加藤先生の様子を窺《うかが》ってみる。すると、しばらく呆然《ぼうぜん》としたあと、諦《あきら》めたようにとぼとぼと歩き出し、コンビニに入っていった。

(なんか悪いことをした気もするけど、たぶん、明日には覚えてないだろうし……)

今ならば、見つかることもないだろう。

とはいえ一応、加藤先生の視界に入らぬように気をつけながらダッシュして、俺は彩世さんのいる喫茶店へと飛び込んだ。

さっき見た姿と変わらず、彩世さんはタブレットパソコンを手に、何かを読んでいる。

きっと漫画だろうが、俺のことにはまだ気付いていない。

なので目の前の椅子に座りながら、

「……おい、こんな時間までなにしてるんだ」

声を掛けたことで、やっと気付いたようだ。

顔を上げるなり大きな声で、

「あっ、センセ！」

「しーっ、あんまり大きな声を上げるなって」

慌てて俺は自分の顔の前に人差し指を突き立てる。

そして、小さな声で続けた。

「まだ近くに加藤先生がいるんだ。だから、さ」

「え、加藤……って、センセ、なんか顔赤くない？　まさかあたしのお誘いを断って、加藤センセとお酒飲んでたの⁉」

「加藤先生じゃなくて学校の先生みんなだよ。職員会議のあとに、懇親会があってさ――って、これ言ったらダメだった」

酔ってるせいで口が滑ってしまった。

それに気付いた彩世さんは猫のように口元を緩めてニヤニヤと笑い、

「……ふ～ん、センセたちって、生徒たちに隠れて、そういうことしてるんだ。そこに雲母坂センセもいたの？」

「そりゃ、もちろんいたけど……」

「あたしの誘い断って似た女がいるところにいくとか。これもう、例の既成事実写真をクラスのグループチャットにアップするしかないわね」

「なんでそうなるんだよ……あと、懇親会のことは、他の生徒には内緒にしてくれよ。それでなんだが――」

気を取り直して、俺は本題に入ることにした。

「お前はこんな時間に、こんなところで何をしてるんだ？」

するとと半眼になり、つまらなそうな表情を浮かべて、

「えー、何それ。センセ、センセっぽ～い」

「本当に先生だっつの。もうすぐこの店も閉店だろ。家に帰れよ」

「やだ。家に帰りたくないから、ここに居るんだもん。理由はセンセも知ってるでしょ」

「家にママの男がってやつか？」

「そ。昨日と一緒。でも、安心して。もうすぐ今日泊めてくれる友達から連絡があるから」

「それって――」

男なのか、女なのかと訊ねようと思ったところだ。

「あ、女子大生だよ。だからセンセ、安心していいから。それとも、今日もあたしに家に泊まってほしかったとか?」

「な、っ……」

その時、彩世さんの浮かべた悪戯《いたずら》な笑みは、とても魅力的な大人の女性のものであるように見えて、思わずドキッとしてしまった。

そこでピロリンと、彩世さんのスマホが音を立てる。

「あ、かやちからメッセージだ」

「かやち?」

「二ヶ月くらい前に知り合った、今日泊まる予定の大学生のト・モ・ダ・チ♡　かやちは今別の友達と飲んでるみたいだから、終わるの待ってんだけど……う゛え」

メッセージを読み進めていた彩世さんがいきなり眉間に皺《しわ》を寄せて、ヒキガエルの鳴き声のような音を漏らした。

「どうしたんだ?」

「カレシ、家に来るから今日泊まり、ムリになったとか……どうしよ……って、そうだ!」

俺の方を見て、にこりと微笑む彩世さん。

嫌《いや》な予感がしたが、その通りだった。

彩世さんは自分の唇に人差し指をあてて、小さく首を傾け、

「センセ、泊めて♡」

パチンと、可愛らしくウインク。

「……は？」

「昨日も泊まったんだから別にいいじゃん。減るもんじゃないし」

続けてバンッ、と机に両手をついて身を乗り出してくる。

「ダメなの？　先生だから？　だったら、ここからしゅうさんってことで。あたしはさくらん。何も問題なし！」

「いや、そうはならんだろ」

「あう、暴力教師……」

目の前の彩世さんの頭に手刀を落とす。

彩世さんは減るもんじゃないと言うが、神経はいろんな意味ですり減ってしまうし、消耗だってしてしまう。

「あとセンセだの教師だの言うなって。ヘンな目で見られそうだし、もし俺たちのことを知ってるやつに気付かれても困るわけで……」

「それなら……」

と、彩世さんは吐息がかかるくらいの距離まで、俺の耳元に唇を近づけて、

「センセは先に帰ってて♡　あたしはあとからセンセのところ行くから♡」

「俺のところって……」

「場所はわかってるから」

ほら、とスマホを見せつけられる。

地図が表示されていて、俺の家の場所にピンが落とされていた。

場所はわかっているということなのだろう。

「いや、そういうことでもなくてさ……」

「なら『GETER《ゲッター》』でも使って、泊まる場所探そっと。路上で寝るのは無理だし……もういい時間だし、すぐに捕まりそうなおじさんの家でも、チャラい男の家でもいいや。いっそホテルでも、ネカフェでも。危険は承知ってことで……」

「いや、GETERって……」

「あ、センセー知ってるんだ」

「使ってはないからな！　というか、使ってるならお前は消せ」

いろいろとマッチングアプリの攻略法を調べている最中に、GETERという名前は見たことはある。パパ活やワンナイトラブ狙いの者たちも多い、出会い系の要素が強いマッチングアプリである。

さすがにそれを使うと言われると、放置するわけにもいかない。

「冗談だって。使ってないし。センセがあたしを見捨てるっていうなら使うかもしれないけど」

「ああもう、わかったわかった。降参だ！」

そんなこと言われたら受け入れるしかない。

「え、それって、センセのうちに行っていいってことだよね？　わ～い♡」

まさかとしか言いようがない。

こうして昨日に続いて、今日も教え子が家《うち》に転がりこんでくることになってしまった。

5

ほんと、どうしてこんなことになったんだろう。

帰宅し、冷蔵庫から水を取り出しながら思う。

「それじゃ、先に家に帰ってて、センセ♡　ついでにご指導もしたげるから☆」

喫茶店で彩世さんに言われた言葉。

もちろん一緒に家まで帰るわけにはいかない。知ってる人に見られたら、本当に言い訳がきかない。大変なことになってしまうからだ。

声を掛けたのは、失敗だったのだろうか？　などと考えてしまうけれど、掛けなくても、状況としては同じようになっていた気もする。

（しかし、眠いな……）

睡眠不足の上に、かなり飲んでいて酔っている。

今にも倒れてしまいそうだ。

そうならないためにもと、ごくごくと水を飲み干したところで、ピンポーンと部屋のチャイムが音を立てた。玄関に向かって扉を開けると、

「センセ、ただいまー！」

がばり、と手にバッグとレジ袋を抱えたまま、彩世さんが抱きついてくる。優しいハグだ。同時に、全身に電流が走ったような衝撃を覚えた。

「なっ……お前、何を考えて……！」

「なにそれ。家に来た彼女相手なら、おかえりじゃない？　でもって、ハグし返さないと0点なんだけど」

むっとした表情を見せて、俺から離れる彩世さん。

「そもそも、お前は彼女じゃないだろ」

「ノリが悪い男はモテないいし。お酒入ってんだし、もっとノリよくいかなきゃ」

「――ったく」

彩世さんが靴を脱いでいる中、俺は扉の鍵《かぎ》を閉めた。

「ここに来るところ、誰にも見られてないだろうな」

「ん～、外暗いし、大丈夫じゃない？　たぶん誰もわかんないっしょ。ってことで、お邪魔

しまーす☆」

靴を脱ぐ時に廊下に置いていたスクールバッグとレジ袋を手に取って、リビングに向かっていく彩世さん。いきなり振り返り、レジ袋を持ち上げるようにして、

「あ、そうだ。夜食、買ってきたから。もちろんセンセのぶんもあるよ。宿泊料ってことで！」

リビングに入り、低いテーブルの前に腰を下ろした彩世さんは、スクールバッグの中から、ちょっとリッチなアイスクリームを二つ取り出した。

ハーゲンダッツのクッキークリーム味。

「これ、とっても美味《おい》しいから。溶ける前に食べよ♪」

言いながら、アイスを開ける彩世さん。付属のスプーンでアイスを一口食べて、

「んー美味しい♪」

彩世さんは本当に幸せそうに目を細めて、頬に手を当てている。

懇親会会場である居酒屋のデザートで一口アイスを食べたとはいえ、そんな姿を見せられれば惹《ひ》かれて当然だ。せっかくだし、いただくことにしよう。

少しは酔いがさめるかもしれないし。

俺は彩世さんの前に座って向かい合い、アイスを食べることにした。

「どう？　美味しい？」

「うん、美味《うま》いな」

お世辞でもなく、本当に美味しい。

酔った身体にアイスの冷たさが染み渡っていく。

「やった☆　あたしの好きなもの、センセに美味しいって言わせられた♪」

にへら、と嬉しそうに笑みを作る綾世さん。

その笑みを見て、ふと、昔のことを思い出してしまった。

過去、たった一人いた、元カノのことだ。

（こうして好きなものを紹介されて、好きなものが増えていって、同じになっていくって、ほんと、恋人同士って感じだよな……）

ほんの少しの間しか恋人が居た経験はないけれど、そういうことがあったのは確かだ。

（――って、俺は何やってるんだ……）

今の姿が、その頃の元カノに少し似ているとはいえ、まさか彩世さんに被《かぶ》せてしまうだなんて。だからぶんぶんと頭を左右に振って、元カノの残像を振り払おうとする。

その姿を見て、彩世さんは不思議に思ったのだろう。

「あれ？　センセ、どうしたの？　もしかして冷たいの食べて、頭キーンってしちゃった？」

「え、ああ……そんな感じだけど、もう大丈夫だから」

もちろん理由を話せるわけがないので、俺は慌てて誤魔化して、

「それより、ご指導がなんとか言ってたけど、なにをご指導するつもりなんだ？　もちろん

マッチングアプリのことだと思うけど」

俺は話を変えることにした。

「そうそう、まずはセンセのTWINS《ツインズ》のプロフィールデータの話。微妙なとこたくさんあるから、もっと女の引きがよくなる方法、教えてあげようかなって」

「えっ」

引きがよくなる方法。釣り記事のタイトルのような言葉とはいえ、惹かれて、思わず前のめりになってしまう。

「微妙なとこって、どのあたりなんだ？」

「んー、たくさんって言った通りっていうか……ほぼ全て？」

完全否定だった。

「まずは、そうね……写真からどうしたらいいか、じっくりと教えてあげたいけど……その前に、お風呂《ふろ》入りたいかも。家の中だと、この姿もかなり堅苦しいし、楽になりたいっていうのもあるし」

アイスを食べ終えて、彩世さんが立ち上がる。

「着替えは持ってるのか？」

「もちろん♪　今日は元々泊まるつもりだったわけだし。でも、センセが昨日の格好がいいっていうなら、それを着てあげても……どこにあんの？」

「その必要はないし、もう洗濯して、乾燥機回し終えてるぞ」

「えぇ……」

信じられないという表情だ。

半眼で睨《にら》み付《つ》けられてしまう。

「なんだよ、その反応は」

「だってそれってつまり、ぐへへへ、これをアイツが着ていたんだよな……ふふふ、メスの匂いがする。今夜はこれを使うために置いとくか……みたいなこと考えなかったってことじゃん？　マンガでエッチな主人公がするようなやつ。あ、それとも今日、学校行く前に使ったとか⁉」

「使ってないし、お前は担任教師をなんだと思ってるんだ！　それに普段、どんなマンガ読んでるんだよ……」

「むー、さくらんの時にメッセージで答えたじゃん。少年マンガも、少女マンガも、なんでも読むって。ネットで無料なやつたくさんあるし、中には、ちょっとエッチなのもあったりするわけで……」

そういえば、そんなことをメッセージに書いていた。

俺が子供の頃とは違って、今の時代、マンガアプリで過去の作品がかなり無料で読めるようになってるし、アニメだってサブスクで見られるのだ。

それだけに生徒たちは、俺以上に昔のマンガやアニメを知っていたりもする。
はぁ……と、俺はため息をついて、
「とりあえず風呂、入ってこい」
「は〜い♡」
ぱたぱたと部屋から出て行く彩世さん。
少しして、シャワーの音が聞こえて来た。
シャアアアッ……
お酒のせいで、神経が過敏になっているせいだろうか。
その音は、昨日よりも大きく聞こえる気がする。
（——あ、やば……）
空いたアイスの容器を捨てようと身体を起こしたら、足元がふらついてしまった。
目の前もくらくらしている。
酔いと睡魔のダブルパンチで限界だ。
目覚ましと酔い覚ましとして、また水を飲もうと思ったのだけど——
「ほんと、もうダメかも……」
ぽふりと、俺はベッドに倒れ込んだ。
（……って、これ——）

ふんわりと俺を包んでいくのは若い女性の――たぶん、彩世さんの匂いだ。

この布団《ふとん》で彩世さんが寝たのは昨日の夜だというのに、なぜこんなにもいい匂いがするのだろう？

シャワーの音が大きく聞こえるのと同じ要因。

お酒のせいで、五感全てが過敏に反応しているのかもしれない。

この匂いで、ヘンな気分になってきてしまう。

ただ、それよりも――

「センセー、大丈夫ー？　まだ起きてるー。なんなら、一緒にお風呂入る？」

反響する声が、お風呂場から聞こえてくる。

しかし、それに答える元気すらない。

身体がまったく動かないし、声すら出すこともできない。

（やば、落ちそう……）

あと十秒したら起きよう。

なんて、そんなことを思っていたけど、そうすることもできなくて――

6

「……センセ……ねえ、センセってば……勝手にシャツ借りたよ？　それに、いつまで寝てんの？　起きて。起きなきゃキスしちゃうぞ～。ほら、ん～♡　って起きないかぁ……。じゃあ、宣言通り——なんて、冗談だけど♡」

——なんだろう、これ？

——とても、甘い匂いがする。

「……まったく。お布団もかかってないし、風邪引いちゃうし、って……身体揺すっても起きないし。ん～、とりあえず寝顔写真撮っちゃお。メガネ、取っていいよね？」

耳元がこそばゆい。

続けてカシャリ、と音が聞こえた。

それからしばらくして、身体の上に何かがかけられたような感じを覚えた。

「これでよし、と。でもこれじゃ、センセ、赤ちゃんみたい。センセー、カワイイでちゅねー。おっぱい飲む？　なーんて♡」

——再び聞こえてくる、この声は——

「……うーん、これじゃ、ご指導も出来ないし、あたしも寝るか～……。うん、センセ、ベッドで眠っちゃったし、せっかくだし、いいよね……？」

――柔らかな、心地の良いぬくもりが、身体に触れる。

「それじゃ、一緒に……おやすみ、センセ♡」


続いて聞こえて来たのは、とくんとくんと、響く心臓の音。

鼻腔に甘い匂いも流れ込んでくる。

（これって、彩世さんの――）

そう思うけれど、身体が動かなくて、確かめる術はない。

（これは夢……だよな？　たぶん……）

そのまま甘い匂いと、心地のいいぬくもりに包まれながら、再び、俺の意識は遠くなっていって――

×　×　×

はっと目が醒めて、がばりとベッドから飛び起きた。

「……朝……？」

カーテンはすでに開いていた。窓ガラスの向こうから降《ふ》り注《そそ》ぐぬくもりのある光の束《たば》を身に受けながら、俺は昨夜の記憶を呼び起こしていく。

学校での飲み会があって、帰宅途中に彩世さんに会って、一昨日に引き続き、俺の家で共に一夜を過ごすことになった。

覚えているのは、彩世さんが買ってきてくれたアイスを一緒に食べたまでだ。

その後の記憶は曖昧というか、何もなくて――

（――って……なんだ、この匂い……？）

彩世さんの――女の子の匂いもするけれど、それだけじゃない。

甘くて香ばしい、とても美味しそうな匂いもする。

（これって、卵焼きの……？）

他にもお肉やご飯の匂いもする……と、キッチンに視線を向けたところで、

「あ、センセ。おはよー。起きたんだ」

その声ではっとなった。

近くに置かれていたメガネをかけて、キッチンを見る。

（さくらんさ――じゃなくて、俺の生徒……なんだよな）

制服姿でもなく、可愛らしい服装だ。

メガネもかけてなければ、三つ編みも結んでいない。

でも、それが俺の生徒である彩世さんであることを今は知っている。

「彩世さん、そこで何をして……」

ベッドから降りて、近づきながら俺は訊ねた。

ようやくしっかりと目が醒め、俺の意識もしっかりしてきている。

「見ての通り、朝ご飯つくってんの。っていうか、出来たところだけど」

「だから、なんで……」

この家に自炊出来るような食材は殆どなかったはずだ。

近づいてみると、キッチンにコンビニの袋があるのがわかった。

つまりは、食材を買ってきたのだろうか？

「ふふふ……それはいかにも家庭的な和食で、センセのハートをゲット♡　そしたら、いつでも泊めてもらえるって感じになるかな～なんて♡」

「いや、それはないっての」

ビシッ！　と頭に手刀を落とす。

「えー、なんで～。またぎゃくた～い。っていうか……」

両手で頭を押さえるようにして、目に涙を浮かべたあとのこと。

「昨日の夜、あたしにあんなコトしたっていうのに、なかったことにしたいとか？　あたし、酔っ払ったセンセが、あんなケダモノだったなんて知らなくて……ほんとすごすぎだったんだケド、センセ……もしかして、覚えてなかったり？」

頬を赤く染めて、もじもじしたあとのこと。

目のふちにわずかに涙を浮かべ、上目で俺を見つめてくる彩世さん。

とはいえ——

「それ、絶対に嘘《うそ》だろ」

「嘘じゃないもん！」

「証拠はあるのか？」

「え……？　その、センセの寝顔なら、写真が……」

「それは証拠にならないだろ。だったら、そうだな——」

俺は彩世さんに近づいていって、

ドンッ！

「ひっ！」

「今からもう一回やるか？　って……」

冗談のつもりだったんだけど、なんだか壁ドンみたいな状況になってしまった。

しかも——

「～～～～～っ‼」

俺の腕の向こうにいるのは、顔を真っ赤っかに染めた彩世さん。

明らかに動揺している。

浮かべているのは、初めて見るような表情で——

そこで俺ははっと我に返った。

あくまで彩世さんはまだただの女子高生、十六歳の少女なのだ。

慌てて離れて、

「わ、悪い。冗談のつもりだったんだが」

「こ、こっちも冗談で……その、ごめんなさい」

「というか、彩世さんが俺のハートをゲットしても、意味ないだろ。俺が誰かのハートをゲットするための手伝いしてくれるって話だったわけで」

「それはそうなんだけど、それはそれ、これはこれじゃない？」

「でも、二律背反じゃないのか？」

「にりつはいはん？　なにそれ？」

「えーとだな、もし俺に恋人が出来て、その恋人が家に来ていたとするだろ。なら、昨日のお前の友達みたいに、お前を泊めることとなんてできなくなるわけで……」

「えー、なにそれ。家に女とか、せんせーのえっち！」

「何がえっちだよ！」

今、家にいるのは誰だよとも言いたくなる。

「まあでも、それも別に問題ないじゃん。三人でとかもありだし」

「は？」

「あっ、三人でえっちなことするってわけじゃないからね」

「んなことわかってるっての！」

一瞬、そんな状況を想像してしまった俺は、真っ赤になって叫んでしまった。

別にハーレム趣味があるわけじゃないのだけど。

どっちかというと、ちゃんと一人が選択されるようなラブコメの方が俺は好きだ。

「なんにしたって、彼女にだってヘンに思われるし、それでこじれたりしたら一大事だろ」

結果、俺が職を失うどころじゃ済まない状況に追い込まれる可能性だってあるわけだし。

「っていうかセンセ、彼女出来ないうちから、そんな心配する必要ある？」

「うっ……って、お前が切り出したようなもんだろうが」

「ま、だいじょぶだいじょぶ。あたし年上の女性に好かれるタイプだから、自信あるし。むしろ、出来た彼女さんの家に泊めてもらっちゃおうかなぁ……なんて♡　そのためにも、今週の土曜日なんだけど……センセは暇？　暇なら、あたしとデートして♡」

「は？」

いきなりデートなんて言葉が出てきて、俺は呆気《あっけ》に取られてしまった。

「今週の土曜は学校が休みの日だし、暇っちゃ暇だけど……いったいどういうことだよ、それ」

「それは朝ご飯を食べながらってことで。冷めちゃう前に、ね？」

×　×　×

「どう、美味しい？」

「まあな」

美味しいし、こういう家庭料理は久々。

素直に懐かしい気持ちにもなってしまう。

「ご指導！」

俺の感想に異議があるのか、ビッと、目の前で食事をしていた彩世さんにお箸を向けられてしまった。

「まあな、じゃなくて、美味しいっていってくれてもいいでしょ。っていうか、美味しいって言え！　そういうの大事だから」

確かにそれはそうかもしれない。

「……美味いよ。それは間違いないし」

「うん、それでよし！」

嬉しそうに、にんまりと微笑む彩世さん。

「あんな塩対応されるなら、あえて塩とかたくさん入れてやるべきだったかもとか思っちゃったくらいだもの。彼女に対する反応だったら、マジで今の0点だから。教え子でも0点ね」

「……教師の家に押し掛けてくる教え子は何点なんだよ」

「ん〜、朝先に起きて料理つくってあげるとか、百点満点なら百点でしょ」

「はいはい」

「む〜、やっぱり塩たくさん入れるべきだったかも」

ほんとなんなんだろう、この状況。

食事が進む中で流れている朝のニュース番組では天気予報が終わり、芸能ニュースのコーナーが開始される。

最初のニュースは、有名女優・加賀美友梨《かがみゆり》主演のラブロマンス映画の週末封切りについてだ。

（相変わらず、綺麗な人だな……）

加賀美友梨はすでに四十前後の年齢のはずだ。

とはいえ若くして最初の夫と死別したこともあり、今でも数多くの芸能人や企業経営者等と浮名を流している。

それだけあって、とても美人だ。

この映画もウリは加賀美友梨の情熱的な官能シーン。

いわゆる濡れ場《ぬれば》である。

その一部がテレビで流れ出した瞬間のこと。

瞬時にテレビが消えた。

彩世さんがリモコンをテレビに向けている。

「せんせーのえっち」

ジト目で睨み付けられながら、そんなことを言われてしまった。

本日二度目である。

「今、テレビ見てた時の顔、マイナス一万点だから」

どうやら俺が加賀美友梨のベッドシーンに見惚《みほ》れていたのに気付いていたようだ。

それが恋人の前だったとしたら――

それこそマイナス一万点と言われても仕方がないだろう。

これに関しては受け入れるしかない。

「ちょうどいいし、さっきの話しするから」

「さっきの話?」

「土曜日のデートのこと!」

机にバンっと両手をついて、眉《まゆ》を吊り上げる彩世さん。

そういえばご飯の前に、そんなことを言っていたような覚えはある。

「ご指導してあげるって、昨日の夜も言ったでしょ？　それを土曜日にするって話なわけ」

「どうしてそれがデートになるんだよ……プロフィールデータとか写真とか言ってた記憶は微かにあるけど……」

そういえば俺は、そのあと彩世さんのシャワー待ちで、寝落ちしてしまったんだった。

「そそ、マッチングアプリの写真、家で適当に撮ったっぽいやつ。ダサイから、外で撮りなおそうと思うの。あれなんとかしないと、ちゃんとしたアプローチなんて、殆ど来ないに違いないわ」

「何度か撮り直して、一番いいと思ったんだけどな」

「センセは、他の男の写真なんて、ちゃんと見たことないでしょ。中にはカメラマンを使って、撮影してる人もいるくらいなんだから」

そんな話は袴田《はかまだ》からは聞いてなかった。

人によってはそこまでするものなのか。

「ということで、女性目線でいい感じの写真を撮ってあげる。そうしたら「いいね！」率爆上げ間違いなし！　どう？　完璧《かんぺき》なご指導でしょ？」

「まあ、それはありがたいっちゃありがたいけどな。ただ、来週は中間テストなんだが……大丈夫なのか？」

「……それは」

目を逸らす彩世さん。

「なんだよ、その反応は」

「ほら、大丈夫、大丈夫。中間だし。一年の時のあたしの成績くらい、センセも知ってるでしょ？」

確かに知ってるが、よくもなければ悪くない。

普通そのものの成績だ。

「だから、きっと大丈夫。センセがお返しに試験の中身を教えてくれたら完璧っ☆」

「そんなことできるわけないだろ！」

それに交換条件は、泊めることで果たしているはずだ。

「もちもち、わかってるって。ちゃんと勉強はしてるし。それなりの成績はとるから」

「本当だろうな……」

「ほんとほんと。それに一日くらいは息抜きいいでしょ？ってことで、決まりね！よーしいろいろと下準備もしておかなきゃ！」

「ちゃんと勉強もしろよな……」

押し切られるような形で、土曜日の予定が決まってしまった。

そのあと、俺はシャワーを浴びることにする。

昨夜、家に帰ってから、そのまま寝てしまったのもあるからだ。

そして着替えを終えてリビングに戻ると、

「――これでよし、と」

そんな彩世さんの声が聞こえた。

どうやら食器を洗い終えたところのようだ。

そのまま近くにあったスクールバッグを手に取って、

「それじゃ、センセ。行こっか☆」

「いや、行こっかじゃなくてさ。俺たちは幼馴染み同士でも恋人同士でもなければ、教師と生徒だぞ。一緒に登校なんて出来るかっ」

そもそも今の彩世さんは、学校での姿の彩世さんではない。

眼鏡《めがね》をかけていなければ、料理をつくっていた時と同じで、明るい髪色をしている。

「あはは☆　もちわかってるって。じゃ、あたし先に出るから。着替えとかもしなきゃいけないし。それじゃ、センセ。またあとでね♡」

「授業中にＬＩＮＥ送ってきたりするなよ」

「また、それ？　そんなの、もうさんざ言われてわかってるし。べ～だ！」

下の瞼《まぶた》を自分の指で下げて、ベーっと舌を出したあと。

彩世さんは俺の家を出て行った。

それから少しして俺も家を出て――

一時間と少しが過ぎたところで訪れた、朝のホームルームの時間。メガネにお下げの学校スタイルの彩世さんが席に座っている。

俺が教室に入った直後、目が合った。瞬間、にこりと微笑んだ気がした以外は、普段と何も変わりがない彩世さん。

授業中にラインのメッセージを送ってくることもなかった。

ただ、放課後は土曜日の予定を送ってきて――

×　×　×

やってきた週末の土曜日。

ご指導の朝のことだ。

ぴんぽーん……ぴんぽーん……

チャイムの音で俺は目を覚ますことになった。

「なんだよ、こんな朝っぱらから……」

まだ九時を少し回ったところだ。彩世さんとの約束は午後からだし、十時くらいに起きるつもりだったのだけど……。

（Ａｍａｚｏｎかなんかで、何か頼んでたっけ？）

それに宅配便にしては届く時間が早いなと思いながら玄関に出ると、

「え……？」

そこには、彩世さんが立っていて、

「きちゃった♡」

第四章 〉 本当の自分、偽りの自分 ―――― 04

「似合った靴を履《は》いている者が世界を制するのよ」

ベット・ミドラー（歌手・女優）

1

「きちゃった♡」

俺《おれ》は啞然《あぜん》とすることになった。

「なんで家に来るんだよ……昨日の夜に、ＬＩＮＥで待ち合わせの場所を決めただろ」

「でも早起きしちゃったし。聞き忘れてたこともあったから、直接来た方が早いかなって」

彩世《あやせ》さんはスマホを俺に向けて、

カシャリ！

「ちょっ……なにを撮ってんだよっ！」

新作5作一挙発売！
GA文庫
ジーエー えくすぷろ～らぁ
GA EXPLORER
2024年4月
April No.219
イラスト：中西達哉／緋月ひぐれ／秋乃える／塩こうじ／木なこ
https://ga.sbcr.jp/

新作
試読版はコチラ
ハズレギフト「下限突破」で俺はゼロ以下のステータスで最強を目指す
～弟が授かった「上限突破」より俺のギフトの方がどう考えてもヤバすぎる件～
著▼天宮暁
イラスト▼中西達哉
「下に突き抜けてどうすんだよ!?」
双子の貴族令息ゼオンとシオン。
弟のシオンは勇者へと至る最強ギフト『上限突破』に目覚めた。
一方、兄ゼオンが授かったのは正体不明のハズレギフト『下限突破』。
役に立たない謎の能力と思いきや、
「待てよ？　これってとんでもないぶっ壊れ性能なんじゃないか……？」
パラメータの0を下回れる。その真の活用法に気がついた時、ゼオンの頭脳に無数の戦術が広がりだす。
下限を突破＝実質無限で超最強!!
さぁ、ステータスもアイテムも底なしに使い放題で自由な大冒険へ!
最弱ギフトで最強へと至る、逆転の無双冒険ファンタジー!!

今の俺の姿といえば寝起きそのもの。シャツ一枚に短パンの姿だ。もちろんこんな写真、マッチングアプリに掲載出来るわけがない。

「センセ……えっち……」

「えっちなのは、こんな姿を撮影してるお前の方だろ」

「そうじゃなくて、ほら、下の方」

仄《ほの》かに頬《ほお》を赤く染めている彩世さん。その視線が向けられている先に、俺も視線を向けた。

そこでは、短パンの一部が大きくなっていて――

「うわっ⁉」

慌てて俺は下半身を両手で覆《おお》い隠す。同時に、彩世さんの顔が赤くなっていた理由を理解することが出来た。

「今の、消してくれ！」

「えー、やだ」

再びカシャリ。

カシャリ、カシャリ。

「センセのエッチなグラビア。もっと撮っちゃうから」

「お前なあ！」

「えへへ～♡　消してほしかったらスマホ奪ってみ」

「こいつ……！」

　イラッとした俺は、片手だけを股間から離し、スマホを奪おうと手を伸ばしたのだけど――

「あっ……」

「きゃっ⁉」

　ででんっと、身体のバランスを崩した俺は、彩世さんの身体を押し倒すようにして、床に倒れ込んでしまった。

「――っ。大丈夫か？」

　起き上がりながら訊《たず》ねる。俺は身体に少し衝撃を受けただけだが、俺の身体のクッションのようになった彩世さんが心配だった。

「あっ♡」

「え？」

　なんだ、今の声は。

　そして感触は。

「えっと、大丈夫だけど……当たってる」

「あっ……」

　言われて気付いた。

　立ち上がろうとした瞬間のこと。

俺の片手が、思いっきり彩世さんのおっぱいを掴《つか》むような形になっている。

「わ、悪いっ！」

慌てて手を離す。

「いや、その……そっちもだけど、えっと、他もっていうか……」

「えっ……？　ああっ！」

珍しく照れた様子の彩世さん。

それでようやく俺は、俺の固く、大きくなったアレが、彩世さんの太ももに当たっていることに気付いた。

「なっ……！　すまん！」

慌てて彩世さんから離れて背中を向ける。

おっぱいに触れたあげく、年頃の女の子に、大人の男が大きくなった股間を押し付けることになるだなんて――なんて酷いことをしでかしたんだろう、俺は。

恥ずかしいし、なんだか目も合わせづらい。

どう話を仕切り直したものかと迷っていると、

「え、ええと……あんま気にしないで。こっちも気にしてないから。そうだ。サンドイッチ買ってきたから食べる？　どうせ朝、何も用意してないでしょ」

と立ち上がった彩世さんの方から切り出してくれた。

「……食べる」

目を逸らしたまま俺は答える。

大人として、教師として、むしろ生徒に気遣われてしまい、なんだか情けないとはいえ、仄かに頬を染めた彩世さんを前に、俺はそう答えることしか出来なかった。

×　×　×

俺がちゃんとした服に着替えて、少し落ち着いたところでのことだ。二人で低いテーブルを挟むようにして、サンドイッチを食べていた。

たまごとツナとハムのサンドイッチセット。飲み物として、パックのヨーグルトも、彩世さんが買ってきてくれていた。

「そういや、聞き忘れてたことってなんなんだ?」

うちに入ってくるなり、彩世さんはそんなことを言っていたような覚えがある。それを思い出して、俺は訊ねた。

「それね。聞きたいことっていうよりも、チェックをしたいことがあったの。聞くよりも見る方が早いかなって思うし、サンドイッチ食べ終わったら、させてもらうから」

「チェック?」

それはいったい、なんだというのだろう？　その時は教えてくれなかったが、サンドイッチを食べ終えたあとすぐに、その答えがわかった。

「それじゃ、始めさせてもらおうかしら」

さっそくと立ち上がった彩世さんが、部屋のクローゼットをバンッ！　と開いた。

「えっ、何をするつもりなんだ……？」

「服のチェック♡」

ウインクを投げかけてきた彩世さんが、クローゼットにかけられている服を一着、二着と見繕い始めた。それどころか、タンスのように使っていたクリアケースの中まで確認している。

「なんか、学校で見たことあるものばっかり。センセ、こういうパンツ穿《は》いてたんだ」

「やめろ！　そんなもの手に取るな！　広げるな！」

「……わかったわよ。ま、見るものは見たし、だいたい想像通りだったし。これじゃ、いい写真も撮れないし、例えデートのアポが取れたとしても、上手《うま》くいかないに決まってるわ。全体的にセンセ、センスがじじくさい」

「じじくさいって……」

「学校の先生っぽい」

「だって、先生だし」

「それがダメってこと！　さくらんとしてデートした時だって、年齢《とし》の割には若さが感じられない服装だってあたしも思ったし。センセ、童顔でかわいい顔してんのにもったいないって。今着てる服だって、自分でじじくさいと思わない？」

「う……」

そう言われると、確かにじじくさく思えてくるし、先生らしい服装というのも、確かにじじくさいような気もしてくる。

「デートは学校じゃないわけだし、似合った服を着ているものが、恋愛も制するって言葉もあるわけ！」

「それ、確か靴じゃないのか？」

大学時代、少しはモテようと思ってファッションについて調べた時に、見た格言で、なんとなく覚えがあった。

「……そうかもしれないけど、まあ、いいじゃん。とりま服買お、センセ！　靴はシンプルな白いスニーカーでもいいし。それは下駄《げた》箱にあるの、確認したし。そして、写真撮影ね！」

そのために向かう先は四つ隣の駅。大きな川があり広い河川敷もあって、絶好の撮影スポットもあるとか。

「でね、駅の近くに友達がバイトしてる古着屋もあって、そこで服を買うってわけ。ということで、行こ！」

「ちょ、ちょっと待てって——」

俺の腕を引っぱり、家を出ようとした彩世さんを止めた。

「誰《だれ》かに会ったら困るだろ。この近くには加藤《かとう》先生も住んでるわけで……」

今の姿の彩世さんと学校での彩世さんは一目見ただけでは、絶対に繋《つな》がることはないだろう。

それでも用心したほうがいいには違いない。

「加藤センセなら、さっき、駅前で見たし。たぶん部活だと思うから大丈夫。ってことで、レッツ・ゴー！」

「お、おい……くっつくのだけは、絶対にやめろよ！」

「わかってるって。ここではやんないから」

「どこでもだって！」

そんなやり取りを経て、俺たちは家を出た。

2

「いくらなんでも、若者向けすぎないか？」

彩世さんと二人、電車に揺られて辿《たど》り着いた目的地。

古着屋の前で俺は萎縮していた。

外から見られるショーケースに飾られている服はオシャレそのものであり、詳しくはないけれど、たぶん、いかにも、渋谷《しぶや》・原宿《はらじゅく》系という感じだ。

「大丈夫、大丈夫。センセ、見た目まだ若いし」

「えっ……そうか？　って、そうじゃなくて——」

一瞬、若い子にそう言われていい気になってしまったけれど、やっぱり気後れしてしまう。

そんな俺の背中を彩世さんは言葉だけではなく、両手でも押すようにして、

「ほらほら、入った入った」

どうやら覚悟を決めるしかないようだ。

（まあこんなところ、彩世さんと一緒じゃないと、一生入れなかっただろうしな）

それだけでも、ご指導受けてる意味はあるのだろう。

俺は彩世さんに押されるようにして店の中へと入っていく。

（やっぱり、思っていた通りだ……）

店の中の様子を見て思う。

オシャレそのもので、めっちゃアウェーだ。

しかし、彩世さんにとってはホームそのものなのだろう。

友達の家に来たような感じで、

「ども〜、レナちいる〜？」

と声をあげた。

「あっ、さくっち！」

いきなり名前で返されるだなんてさすが友達がバイトしている店——と思ったところで、俺は一つ疑念を覚えた。

（レナちに、さくっちって……その呼び方に今の声、どこかで聞いたことがあるような……）

聞こえてきた声の方に視線を向ける。

「げっ……」

そこにいたのは俺のクラスの生徒。

レナちこと、宇崎怜奈《うざきれいな》である。

「お前、何を考えてるんだよっ！　どういうつもりで……」

「だいじょぶだいじょうぶ。レナちはだいじょぶだから」

「二人だけの、ヒミツの関係とかなんとか言ってただろ」

「誰にも言わないなんて言ってないし、そもそもセンセがマッチングアプリやってたりしてとか言ったのもレナちだったでしょ。それにレナちは、あたしとセンセのこと、言えたもんじゃないから」

「えっ、それってどういう……」

「あーー、たんまたんま。それ以上はやめろ！」

慌てて彩世さんの口を塞《ふさ》ぎ、両腕を使って首をロックする宇崎さん。

「あー、ギブギブ……」

などと言いながら、彩世さんはそのロックを剝《は》がしたあと、

「でもさ、いっそ話して、協力してもらったほうがよくない？　加藤センセのこと」

と宇崎さんに向けて言葉を続けた。

そして俺の方を見て、

「あのね、レナちは加藤センセの親戚で――」

「ああ、加藤先生から聞いてるよ。俺のクラスに親戚の子がいるからよろしくって……」

と、そこまで言ったところで、宇崎さんが顔を真《ま》っ赤《か》にしていることに俺は気付いた。

（この反応、まさか……！）

思わず俺の口から言葉がこぼれ落ちる。

「もしかして宇崎さん、加藤先生のこと……」

「その通りっ！　センセ、よくわかったね。なんと、レナちの初恋の男性は加藤先生で――」

「咲来《さくら》ッ！」

叫んだ宇崎さんは、彩世さんの胸元《むなもと》を摑み上げる。

まるでヤクザのよう。

ガチおこだ。

「余計なこと言ったら、こっちも容赦しないよ？　さくっちの秘密、全部バラまいてやるから。もちろん、センセーがマッチングアプリやってることも」

「あ〜、それは困るし、なら、やめとく。ってことでセンセ、互いに喋《しゃべ》れないってことがよくわかったでしょ？」

「お、おう……」

それにしても予想外の展開。

その上で、困った展開だ。

なにせ加藤先生は、雲母坂《きららざか》先生が好きなのだから――

それは宇崎さんだって気付いているはずだ。

（そういや始業式の日、廊下で加藤先生が雲母坂先生のことどうだの訊《き》いてきたのは、そういうことだったのか……）

ちなみに加藤先生は、間違いなく、宇崎さんの気持ちに気付いてないはずだ。

加藤先生はそういう人だから、俺にはわかる。

親戚の上に年の差。

そして、鈍感。

厳しい条件の中で唯一希望があるとすれば、雲母坂先生と加藤先生が上手くいく確率はあまりなさそうということくらいだろうか――

加藤先生には悪いが、そう考えて、思わず苦笑してしまったところでのことだ。

「――ってことで、話は終わり」

パンッ！　と彩世さんが手を叩《たた》いて、

「センセ、コーディネート始めよ！」

×　×　×

それからはセンセの肌の色だとこの色のシャツが合うとか、足が長く見えるとか、こういう服や色が今の流行だとか、彩世さんにいろいろ教えてもらいながら、試着することになった。

「肌の色って、ブルべとかそういうやつか？」

女子生徒たちが話しているところを聞いたことがある。

「そう。ブルべ夏とかイエべ秋。センセはブルべ夏だね」

「うん、ブルべ夏って感じ」

彩世さんに宇崎さんが同意するが、俺にはまったくわからない。

「ちなみにブルべ夏にマッチする服の色は青系等。あとはオフホワイトとか、グレイとか……」

「それなら……こんな感じじゃない？」

「え、そっちよりは、こっちだと思うけど」

服を見繕い始める宇崎さんに、それに意見をする彩世さん。結果、一セットではなく合わせて三セット、俺の目の前に試着するべき服のセットが準備されることになった。

それを見て、彩世さんが選択をする。

「どれもいい感じだけど、プロフィール写真ならこのセットな気がする。一番、爽《さわ》やかな感じだし、好感度も高そうだし」

三セット中の一つを指で示す彩世さん。

「じゃあ、そのセットを買えばいいのか？」

「は？　なにいってんの。買うのは全部に決まってるじゃん」

「え……？」

「撮影だけじゃなくて、デートの時用の服も買うってこと。毎回、デートに同じもの着ているなんてあり得ないし。そもそもあたしの私服、毎回違うことすらセンセは気付いてなかったりする？」

「……あっ……」

思い返してみると、確かにいつも違う服を着用しているような……。

「やっぱり、気付いていなかったとか？」

「いや、その……」

ジト目で睨《にら》み付《つ》けられていた。

「……最悪っ。なんで気付いてくれてないの？　ちゃんとあたしのこと見てない？　さくらんでデートした時と同じじゃん」

言われて気付いたが、確かにその通りだ。

あまり彩世さんの方を見ていない。

前に指摘された、さくらんの時ともかわらない。

見るとヘンに意識して恥ずかしいというのがあるからだ。

もちろんそれは口には出せないし、それこそ恥ずかしいので、

「でもさ、気付いてなかったのは悪いけど、そもそも男は基本的にそういうのあまり気にしないし、気に入ったものを着続けるタイプも多い気がするっていうか……」

と誤魔化《ごまか》そうとしたのだけど、

「言い訳」

そのひと言で、きっぱりと切り捨てられてしまった。

「それに男はこうだからとか、センセがどういうタイプかなんて、正直どうでもいいの。大切なのは、評価する相手――つまりは、女子の感覚なんだから。上手くいってないなら、ちゃんとやらないとダメ」

そう言われると、何も言い訳が出来ない。

「ちなみにだけど、この店はだいたいどこのカードもバーコード決済も使えるし、センセー

もお友達割り引き10％《テン》の対象。お買い得！」

ピースサインをつくる宇崎さん。それはありがたいことだけど……。

「いくらになるんだ？」

少し不安になりながら俺は訊ねた。二十六歳高校教師。普通の新卒サラリーマンよりも給与はもらっている方だとは思うけれど、そこまで金銭的な余裕もあるわけではない。

「待って、今計算する」

宇崎さんは服についてるタグを装置で読み取っていく。側にあるタブレットと接続されていて、それがレジになっているようだ。

「端数おまけして、二万五千円ってカンジで」

「思ってたより安いな」

大学に入った直後、少しはちゃんとした格好をしようと、気合いを入れてセレクトショップで服を買ったことがある。三着シャツを購入しただけで、同じくらいの値段がしたはずなだけに驚きだ。

「この中には高いブランドのものは特に入ってないし、古着屋《ウチ》にあるのは古着だかんね。センセーの懐《ふところ》具合も考えてちゃーんと選んでるって」

さも当然のように言って、ウインクを投げてくる宇崎さん。

彩世さんも続ける。

「センセ、ファッションはお金じゃないんだよ？　でないと、フツーのJKがオシャレなんて出来ないでしょ？」

言われてみたら、確かにそうだ。

「で、買うよね、センセー？　あーし、がんばって選んだんだから」

笑顔で圧をかけてくる宇崎さん。

「センセーが買ってくれたら、あーしにもバックマージンあるの。だからお願い、ね？」

「……わかった。買うよ」

「あざーっす！　これで欲しかった新作アクセ買えるぅ！」

「あ、ちょっと待って」

そう横から口を挟んで来たのは彩世さんだ。なによ？　なんだ？　と言う顔でそれぞれ彩世さんを見る宇崎さんと俺。すると彩世さんは、

「あと、これ」とメガネを差し出してくる。

度が入ってない伊達メガネだ。

「今かけてるやつより、これくらいの細さのほうがカッコいいと思うから。かけてみて。ほら」

「お、おい！」

俺のメガネを取り上げる彩世さん。続けて、伊達メガネをかけさせられた俺を見て、彩世さんは満足そうに微笑んで、

「うん、似合ってる。この方がやっぱセンセ、カッコいいって。あとは髪も弄《いじ》りたいところだけど……最近、散髪したところっぽいし、ま、とりあえずこれでいいかな。そのうち、同じようなメガネで度入りもつくりにいこ？」

「うーん……」

近くにあった鏡で確認。視界がぼやけていてよくわからないのだが、彩世さんが言うなら、カッコいいのだろうか？

本当によくわからない。

「ていうか、センセはコンタクトにしないの？　メガネない方がいいと思うんだけど。あたしも今みたいな時、コンタクトなんだけど」

「目に異物を入れるの、怖いんだよ」

「なにそれ。センセ、かわいい♡」

「大人なのに」と宇崎さんも続ける。「女子高生のコンタクト率高いのセンセーも知ってるはずだよね？　みんなつけてるのに」

「う、うるさいな……」

「まあでも、その伊達メガネなら普通にオッケーってことで。メガネ男子好きの女も結構いるわけだし。ってことで、そのメガネも購入すること。千円だし誤差でしょ」

誤差といえば誤差だが、この先使う機会は……あるんだろうか？　ないにしたら高いのでは……と思いつつも、それで写真がよくなるならと購入。

カードの決済が終わったところでのことだ。

「んじゃ、レナち。最初のセットのやつだけちょーだい。あとメガネも。残りは袋、入れておいて」

「承知っ」

「ってことで――センセ、着替えて！」

ベルトも込みで服のセットを渡された俺は、言われた通りに試着室で着替えをすることになった。

「こんな感じか？」

「うん、おっけーおっけー。だよね、レナち？」

着替えを終えて試着室から出ると、満面の笑みで彩世さんが迎えてくれた。

「うん、いい感じいい感じ」

宇崎さんも納得の出来栄えのようだ。

（本当に、いい感じなのかな……？）

近くにあった姿見を見てみると、そこにいるのは爽やかな好青年――に見えなくもない。

いつもより確かに若く見えるけれど、学生ではなく、社会人という感じは出ている。

（二人とも、結構やるじゃないか）

なんて、ちょっと、心の中で自分の生徒たちを褒めてしまったりして。

本当に悪くはないどころか、かなりいい気もする。

その後、宇崎さんは俺が脱いだ服などを回収し、綺麗《きれい》に畳んだりして、購入した服と一緒に紙袋に入れて渡してくれた。

そこで、彩世さんが切り出してくる。

「そんじゃ、センセ。撮影会としゃれこもっか☆」

3

カシャリ、カシャリ……。

「はい、いいわよ～。でもちょっと笑顔がぎこちないかも。もうちょっち自然に～。そうそう。センセ、はいチーズ！」

宇崎さんを残して古着屋を出たあとのこと。移動した河原で、彩世さんに命令されるがままに、俺は被写体としてのポーズを取らされていた。

ちなみにメガネももちろん、さっき買った伊達メガネにチェンジしている。

それだけに視界はぼやけていて、
カシャリ、カシャリ……。

（なんなんだ、この状況……）

マンガ雑誌にある、グラビアページのアイドルにでもなったような気分だ。

「センセ、目を細めない！」

「あ、悪い」

目が悪いのだから仕方ないと思いつつも、ぱちりと大きく目を開けた。

「それでよし。いい感じいい感じ☆」

わけがわからない状態だけれど、いい感じなんて言われると、その気になってきてしまった。

ちょっとカッコいいポーズを取ってみたりして。

「あ、ジョジョ立ちみたいなのはいいから」

わかってもらえたのは嬉《うれ》しいけれど、彩世さんのお気には召さなかったようだ。

「ヘンなポーズしたいなら、してもらうけど。うまぴょいとか」

「いや、遠慮しておく」

それからも普通に撮影は続いて――

「たくさん撮れた撮れた♪　どれがいいかな～と」

スマホの画面に指を滑らせながら、彩世さんは撮影した写真を確認し、選別している。

「うん、一番はこれかな」

どうやら写真が決まったようだ。

「ほら、見てみてセンセ。それなりに爽やなフツメンって感じでしょ！」

「なんだよ、それ」

伊達からメガネをかけかえて、彩世さんが見せつけてきたスマホを見る。そこに写し出されていたのは、確かに彩世さんの言う通り、爽やかなフツメンだ。

河川敷の斜面に座る俺。

柔らかな微笑み。

雰囲気はどこかいけすかないサブカル野郎のようだ。

昔のＣＤアルバムのジャケットのようでもある。

「ね、すごくいいでしょ？」

「そう、なのか……？」

「いいの！」

念を押されてしまった。

よくわからないけど、彩世さんが言うなら、そうなのだろう。

そういうことにしよう。

「ということで、これをベースに使うことで確定ね。でも、ついでにあと一枚、と……」

「ちょっ……⁉」

いきなり俺の身体に腕を回してきた彩世さん。

接近して――カシャリ！

「あー、ちょっとブレたし、変顔になっちゃったじゃん……」

むーっと、彩世さんはインカメで撮影した写真を見て、不満げに唇を尖《とが》らせる。すぐに再びインカメを構えて、

「だから、もう一枚。はい、センセ。笑顔笑顔♡」

「いや、なんで彩世さんと写真を……」

「いいからいいから。笑う門には福来たるっていうでしょ？　ってことで、はい、チーズ♡」

「ちょっ……」

やめろ、とスマホを取り上げようとしたのだけど、
カシャリ！

彩世さんは写真を確認して、

「んー、ちゃんとした顔じゃないけど、センセらしくていいかな。見てみて」

そう言って見せつけられた写真に写っているのは、ピースをしている彩世さんの向こうで驚きながら、カメラを奪おうとしている俺の姿だ。

「……消してくれ。というか、どこが俺らしいんだよ」

「やーだ。今日の記念はこれってことで♡　えへへ♡」

写真を再び見て、頬を緩める彩世さん。

記念写真の蒐集《コレクト》が趣味なのだろうか？

どう見てもいい写真ではないのだけど。

正直、趣味がよくわからない。

この時の俺は、心の底からそう思っていた——

「それじゃ、プロフ写真も撮れたってことで、お礼にご飯おごって♪」

それから彩世さんが一度行きたかったというパスタ屋に行って、昼食を取りながら、プロフィールの登録情報のレクチャーを受けて——夕方には解散。

（せっかくの休日なのに、なんか、めちゃくちゃ疲れたな……）

帰宅をした俺は、ぼふりとベッドに倒れ込む。

パスタ屋は二人で四千円程度。

今日一日、服代や交通費を含めて、していた最悪の想定よりはお金がかからなかったとはいえ、財力も、体力も、それなりに消耗してしまった。

その元をとるためにも、早くマッチングアプリで彼女をつくらないと——と思うが、今はそれに触れる元気がない。

そもそも今日撮影した画像だって、まだもらっていないのだ。

なにやら加工するとか彩世さんが言っていたけれど——

「——って……」

タイミングを見計らったかのように、ピロリンとスマホが音を立てた。

手にとって確認すると、彩世さんから『センセとデート♡』と文字がデコられている写真が届いていた。俺はすぐさまリプライを送信。


冗談でもやめろ!!


相手が彩世さんだとはわかりづらいが、流出したらタイヘンなことになるのは変わらない。

すると「はいはい」というリプライと、やれやれと両手を宙に向けているスタンプに続けて、プロフィールに使う、加工された写真が送られてきた。

「まったく」と、ため息をつく。

とはいえ、新プロフィール写真自体はかなりいい感じだ。

自分だけれど、自分ではないように見える。

不思議な感覚だ。

これだと彼女が出来そうにも思えてしまう。

一応、彩世さんとの2ショットの写真も保存したあとのこと。

さっそく俺は写真と、受けたレクチャー通りにプロフィールを書き換えていった。

その結果は——驚くほどにすぐに出た。

× × ×

週が明けて、その半ばに差し掛かっていた水曜日。
中間テストの最中、家に戻ったところで、TWINS《ツインズ》からの通知がスマホに届いた。
『水晶さんからメッセージが届いています』というものだ。
彩世さんの言う通りに写真を加工したおかげだとしか言いようがない。
俺のプロフィールには前よりもかなりの数の「いいね！」がつくようになっていた。
（さすが、彩世さんが自信たっぷりだっただけあるよな……）
この点は本当に彩世さんに感謝しないといけないだろう。
そして、その「いいね！」をつけてくれた一人が、水晶さんである。
これまでで三回、すでにメッセージをやり取りしている。
感触はとてもよくて、もうすぐデートまでいけそうな予感もしていた。
写真の感想で「優しそうで素敵な人」だなんて言われてるし。
そんな中、ワクワクした気持ちでメッセージを見ると、

週末、お食事いかがですか？

文字を打つのが苦手で……
直接会ってお話したほうがいいと思いまして。

予感通りの展開に、よし、と俺は小さくガッツポーズをした。

もちろんです!

という返事と共に、今週は土曜日に学校があるので、『日曜なら空いてます』とメッセージを返信。
追伸のように、

食べたいものや苦手なもの、アレルギーとかありますか?
他にこういうものが食べたいとかあれば……。

と書いておいた。
そういう気遣いをするのも大切だと、彩世さんから教わっていたからだ。

すると、すぐに「行きたい店がある」との返信が水晶さんからあった。

俺が店でハズレを引く可能性がない、一番楽な展開でありがたい。

それからも数度のやり取りを経て、週末、日曜日のデートが決定。

「やったー！」

ベッドに寝転がった俺はＴＷＩＮＳの「水晶」さんのページにある写真を見て、えへへと頰を緩める。

どこか雲母坂先生的な——それでいて、中学時代の元カノ的な雰囲気もある、可愛らしい女性だ。どんな男性でも好きになりそうなこんな女性《ひと》が、俺に好感を持ってくれるだなんて——

（会うの、すごく楽しみだな……）

などと思っていると、彩世さんからＬＩＮＥの着信があった。

通話の要請だ。

ある意味で、ちょうどいいだろう。

こうして水晶さんとデートまで来られたのは、彩世さんのおかげもあるのだから。

（マッチングが上手くいったことを告げて、感謝も伝えるか）

そんなことを考えながら着信を受けると、

「センセ！　週末、日曜日。付き合ってくれない？　行きたいお店、また見つかったの。今後、センセがTWINSで繋がった相手とのデートでも使えそうな店、その下見がてらさ。――ほら、試験も開けたとこだし、それを記念して……」

すぐさま彩世さんは俺に向かって、誘いの言葉を投げかけてきた。

（ふっ、まだ何も進展してないと思いやがって）

鼻で笑いながら、俺は堂々と言い返す。

「実はその日、デートの約束が入ってるんだ」

「え？　マジ？」

嘘《うそ》でしょ？　と言いたげな彩世さんの声を聞いて、俺は思わずしてやったりの笑みを浮かべたのだった。

4

やってきた週末の日曜日。

水晶さんとのデート当日の夕方に家を出た。

そして待ち合わせの場所である駅前にあるショッピングセンターのトイレで用を済ませ、手洗いの鏡で身だしなみを整えていく。

鏡に映る俺が着ているのは、前に彩世さんと買いにいった服のセットの一つ。

メガネも彩世さんに買わされた伊達メガネに近い、細いタイプのものをかけている。度入りでつくったものだ。

ちなみにクラスの生徒たちにも、他の先生たちにも、似合っていると評判はよかった。雲母坂先生にも褒められたりして。

「これでよし、と」

身だしなみを整え終えたところでＬＩＮＥのメッセージが届く。

まだ交換してない水晶さんからのものではなく、彩世さんからのものだ。

身だしなみはちゃんとしてる？　背筋はピンとしていること。

もちろんそんなことはわかってる。

大丈夫だから。

返信をして駅前に戻ると、ちょうど待ち合わせの二分前。水晶さんはもう来ているだろうかと、左右に首を振り、その姿を探そうとしたところでのことだ。

「しゅうさん、よね？」

声をかけられ顔を上げる。

同時に俺は目を疑い、困惑することになった。

（え、ええと……）

目の前の女性がもし「水晶」さんなのだとしたら、ザ・パネルマジックとしか言えないだろう。彩世さんの時も味わった感覚だが、それともまた違うものだ。

プロフィールに登録されている写真がフライ級ならば、ミドル級を超えて、ヘビー級と言っても過言ではない。

横の縮尺、当社比１４０％。肌の色合いも違えば、綺麗さだって違うし、年齢だって登録データにある「23」にはまったく見えない。

上方修正しなければならないだろう。

どう考えてもこんなの詐欺だ。

風俗でもデリヘルでもチェンジに違いない。

行ったことも、頼んだこともないけれど。

（どうすればいいんだ、これ……）

ただただ困惑していると、

「しゅうさんなんでしょ？」と再び訊ねられてしまった。

「あ、はい。そうですけど……」と答えるしかない。

水晶さんベースで考えるとプロフィール写真は40％くらいはイケメンに盛られているとはいえ、別人ですと言い張れるほどのものではないからだ。

「やっぱり。それじゃ、行きましょうか」

にっこりと微笑んだ水晶さんに、がしっ！　と腕を取られてロックされてしまう。

「えっ、あ、ええと……」

「お食事、連れていってくれるんでしょ？」

身体を寄せてくる水晶さん。

香水のキツイ匂《にお》いが漂ってくる。

それに、

（おっぱい、おっぱい当たってる！）

その身体のデカさに比例するくらいにはおっぱいもでかいだけに、思いっきり腕にあたっていた。でもエッチな気分にはあまりならない。所詮おっぱいというものが脂肪の塊であることを再認識してしまっただけだ。

脳裏に浮かぶ選択肢は二つ。

▽逃げる
　逃げる

でも俺はここで上手く逃げられるような人間ではない。

「そ、そうですね……行きましょうか」

お店だってすでに予約しているんだし、ここで逃げたとしてもキャンセル料は必要。食事自体は美味《おい》しそうだったし、これもマッチングアプリで繋がった女性と会話する練習にはなるだろう。そう思うしかない。

とりあえず今日一日乗り切って、上手くフェードアウトするとしよう。

(彩世さんには、間違いなく笑われるだろうな)

そう思いながら、俺は水晶さんとお店に向かっていく。

(——って、ここ……)

歩いているうちに、更に困惑することになってしまった。

気付けば、周囲がラブホテル街だったからだ。

予約した店がこんな場所にあるだなんて、初めて来る街なだけに知らなかった。

相変わらず腕は組んで距離は近いまま。おっぱいもずっと当たっているし、鼻をつく香水の匂いも好みではない。

そのせいで気持ち悪くなってもくる中、五分ほどで店に到着する。でもその五分は、俺にとって、十分以上にも感じるものだった。

× × ×

「ああ、美味しいわぁ。こんなに美味しい肉を食べたの、ほんっと久しぶりよ。ワインとお肉、追加していい？」

「ど、どうぞ……」

水晶さんが選んだこの店は隠れ家的なレストラン。

内装はオシャレで、一人客もいれば、男女が隣同士で座れる、雰囲気のあるカップルシートがあるだけあって、カップルも多い。

俺たちが案内係の店員さんに案内されたのも、そのカップルシートだ。

全《すべ》てにおいて、店内の雰囲気自体は最高なのだけど――

(それにしてもよく飲むし、よく食べるな)

体格から想像してしまった通りというべきだろうか。

最初にグラスの泡――いわゆるシャンパンを飲んだあとに頼んだ赤ワインのボトルも、すでに空になっている。俺はその泡のグラスと、ボトルからもらった赤ワインのグラス一杯だけしか飲んでないのにだ。

それどころか水晶さんは、料理にあわせて、追加で白のグラスワインすら頼んでいる。

ちなみに水晶さんの香水の匂いが気になって、俺は食欲があまり湧《わ》いてこない。それでもなんとか食事を進めていって――

水晶さんに至っては、追加のお肉も食べ終えたところでのことだ。

「デザートも頼んでいい？」

と、水晶さんはフォンダンショコラまで追加注文をしたので、本当にびっくりするしかなかった。俺はデザートを遠慮して、ウーロン茶をお願いする。

俺が支払うことになるだろう金額が気になるのもあるけど、デザートを遠慮したのは、やはり食欲が湧かないせいだ。

水晶さんがそのフォンダンショコラも一気に食べ終えたところでのことである。

「あのさ、しゅうさん……」

ビクッと、俺は身体を震わせることになった。水晶さんが俺に寄りかかるように接近し、さわっと、太ももを撫でてきたからだ。

続けて、耳元で色っぽく囁《ささや》いてくる。

「このあとなんだけど……どう？」

「え……」

これってもしかして――誘われてるのか？

動揺、混乱している俺の太ももから股間の方へと手を滑らせて、関脇――ではなく水晶さ

んは、その膨らみを撫でるようにしながら、俺の瞳《ひとみ》をじっと見つめて、

「……お願い、最近いろいろと物入りで。二万円――ううん、本番ありでイチゴでもいいから……」

イチゴとは流れから考えると、たぶん一万五千円のことだろう。

そういう隠語があることはマンガで読んだことがある。

本番というのは、いわゆる、最後までオーケーということだ。

挿れたり、出したりするやつである。

つまり状況からして、その金額でこのあとエッチなことをしないかと誘われているのだろう。

周辺がその手のホテルだらけのお店を選んだのは、最初からこのつもり――つまりは、売春目的だったということなのだろうか？

（――って、ホテル代はどうなるんだ？）

「ホ別」って話は、今のところ聞いてない。

ホ別とはホテル代は別ということの隠語だ。

お金がないような話をしていたので、そうなるのは間違いないだろうけど――

というか、一万五千円というのは、自分を安く売りすぎなのではないだろうか？　それとも、

水晶さんの見た目や年齢ならば適正価格なのだろうか？

（……って、唐突な展開に思考がおかしな方向に跳ねてしまった。落ち着け、俺……！）

与えられる刺激によって自然と大きくなっていた俺のスティックの形を確認するように手のひらを動かしながら、更に水晶さんは耳元で、

「ほら、しゅうさんもシたくなって——」

「ねえ、お兄ちゃん、なにしてんの？」

「え……？」

水晶の囁《さえぎ》きを遮るように外からぶつけられた言葉で、俺はフリーズすることになった。

水晶さんも同じで、その上、目を丸くもしている。

続けて俺は、掛けられた声の方へと視線を向けた。そこには全力笑顔のように見えて、その向こうに怒りが見える彩世さんがいた。

もちろん学校の姿ではなく、少し大人っぽい、外行き姿の彩世さんだ。

「しゅうさん。どういうこと？　この子、本当に妹さんなの？」

ぎゅっと俺の服を引っぱり訊ねてきたのは水晶さんだ。

俺を睨み付けてもいる。

「いや……これは、その……」

どういうことと問われても、なぜ彩世さんがここにいるのかは、俺にもわからない。

（というか、妹って……）

どういうことだと俺が困惑していると、

「あんた、私たちのデートを邪魔してどういうつもり？」と水晶さんが声をあげた。目を細め、敵意剝き出しの視線で彩世さんを睨み付けてもいる。

「デート？　あんたみたいな重量級《ヘビー》と、あたしのお兄ちゃんが？　笑わせないで」

フッと、一笑に付す彩世さん。再びお兄ちゃんを強調して、妹であることをアピールもしている。

「ヘビー級、ですって……？」

顔を歪《ゆが》め、イラッとした様子で声を震わせた水晶さんは、続けて俺に視線を向けて、半眼で訊ねてきた。

「ねえ、この子、本当にしゅうさんの妹なの？」

どう考えても、疑われている。

「えーと、妹っていっても従姉妹で……すみません、少し席外します。おい、こっちに来い」

「ちょっと、何するのよっ！」

「それはこっちのセリフだっての！」

俺が彩世さんの手を摑み、店の外へと連れ出そうとしたところだった。

「もういいわよッ！」と大きな音が鳴り響くほどの大きさで机を叩き、水晶さんが叫んだ。

「なにがちょっと席を外すよ！　あんたなんてその女とイチャコラしていたらいいわ、このシスコンッ！　ロリコンッ！」

「なっ……！」

シスコンにロリコンだなんて――

「ふんっ、図星みたいね。あんたみたいなヘンタイのこと、ネットで晒《さら》してやるから！　さよなら！」

ふんっと背中を向けて、ドスドスと歩き出す水晶さん。

「ちょ、ちょっと待って……！　ネットで晒すって……！」

と、水晶さんに向けて手を伸ばし、慌てて追い掛けようとしたところでのことだ。ぐいっと、後ろから腕を引っぱられてしまった。

「あんなの、ほっといていいのよ」

「でも、ネットで晒されて……」

見ればすでに、水晶さんはお店から出て行ってしまっていた。

このままじゃ匿名掲示板とかに、俺のことがボロクソ書かれるかもしれない。

それは困るとメッセージで謝罪しようと、スマホを取り出し、マッチングアプリを起動してみたけれど――

「どうしよう、ブロックされてる……」

ＬＩＮＥも知らないし、これでは連絡の取りようもない。

いっそ運営に連絡をして――

「とりあえず座って。ヘンに注目浴びてるし」

「あっ……！」

言われて気付いた。

確かに店員さんや他のお客さんからの注目の的になっている。

なので店内の空気を乱してしまって申し訳ありませんというように頭を下げて、恥ずかしながら、俺は椅子《いす》に座った。

続けて彩世さんは店員に席を替わる旨を告げる。それで俺がさっきまで水晶さんといた席に、ドリンクが運ばれてきた。

どうやら彩世さんは、俺たちと同じ店で食事をしていたようだ。

「……ていうか、よく金あるな。ヘンなことして、稼いでるんじゃないだろうな」

思わずそんな風に言ってしまった。

ここは普通の高校生だと、そう簡単に入れる店ではないし。

これまでとか、身なりとかにも結構お金を使ってる感じもあるし。

「親が放任主義で、生活費たくさんもらってるだけだし」

つまらなそうにそう答えて、彩世さんは運ばれてきたドリンクのストローに口をつけた。

それにしても、彩世さんは落ち着いているとしか言いようがない。

状況に動揺している俺がバカみたいだ。

「……ていうか、晒すっていっても、どうせSNSとか匿名掲示板で文句垂れたりするだけでしょ。『マッチングアプリで出会った相手が年下の従姉妹と付き合っているロリコンのクソオスだった件』とかさ」

写真や個人情報を出したらそもそも出会い系サイトの規約違反だし、プライバシー権の侵害や、名誉毀損などにだってなるというのが彩世さんの主張だった。

「あの女みたいにTWINSでパパ活みたいなことをしているやつは、そこから追い出されたら困るわけだし……SNSとか匿名掲示板で暴《あば》れられたら、その時は開示請求よ開示請求！　裁判かまして、社会的にぶっ殺してあげるの！　民事だけじゃなくて、刑事でも……！　うーん、なんかワクワクしてきた！」

いや、ワクワクされても困るんだけど。弁護士代だってばかにならないし、たいしたお金が取れないこともあるっていうし。

やられ損にだってなりかねないって、前にテレビで見たことある。

「それにまあ、たぶんそこまでビビる必要もないって。えーと、ちょっと待って……」

彩世さんは三十秒ほどスマホの画面に指を滑らせたあとのこと。

「あった、あった。ほら、見て」

と彩世さんが俺にスマホの画面を見せつけてくる。

「こ、これは……」

そこに表示されているのは——どうやら水晶さんの裏垢のようだ。

すでに思いっきり俺がD・isられていた。

彩世さんが言っていた通り「マッチングアプリで出会った相手が年下の従姉妹と付き合っているロリコンのクソオスだった件」みたいな感じだ。

「……って、なんでお前が、水晶さんのアカウントを知ってるんだ？　それに、写真のことだって……」

しかもそれは、裏アカウントみたいなものである。

「だってセンセ、ここであの女と二時間くらい一緒に居たでしょ？　その間、あたし暇で暇でたまらなかったんだもん。だから退屈しのぎに、いろいろとあの女のこと調べてたの。そしたら、これを見つけたってわけ」

「つまり俺たちのこと、ずっとストーカーしてたのか？」

その上、ネットストーカーまでしていたことになる。

「ストーカーって、人聞き悪いこと言わないで。尾行、もしくは監視、観察ね。偶然ここにいるなんて、ドラマやマンガじゃないんだから、あり得るわけないでしょ。センセが家を出るところから、ずっと追ってたんだから」

「なんで、そんなこと……」

「今日、あたし暇だったし。それにあたし以外とも、ちゃんとセンセがデート出来るかも心配だったからに決まってるじゃん。というかセンセ、押しに弱すぎ。あとちょっとで、あの相撲取りみたいな女に寄り切りくらうところだったし」

むーっと、彩世さんはぷくりと頬を膨らませて、

「もしかして、エッチしたかったとか？　あんな重量級《ヘビー》の地雷でもいけるの？　それとも、ああいうのが好みとか⁉」

次第に興奮してきていて、俺を糾弾する声も大きくなってきている。

「おいおい、あまりそういうことを大きな声で言うなって……」

また注目を浴びてしまう。そもそも彩世さんだって明らかに地雷の一つだろうと言いたくなるが、もちろん口に出すことは出来ない。

出したら、大きな雷が落ちるだろう。

もっとひどい言葉で詰められるのは間違いない。

それから彩世さんがドリンクを飲み干したあとのこと。

俺たちは再び店員さんに迷惑をかけたことを謝罪し、店を出て――こうして、水晶さんとのマッチングは失敗で終了。

5

帰路につくため、俺は彩世さんと駅に向かうことになった。

（あっ……。そういやここ、そういう場所だった……）

店を出ると同時に、思わず顔が引き攣《つ》ってしまう。

食事をしていた場所は、風俗街ど真ん中。周囲にはラブホテルも建ち並んでいる。

時間が時間だけあって、周囲は肩を寄せて歩くカップルだらけだ。

生徒と歩く場所ではもちろんない。

どうやらそれに彩世さんも気付いたのだろう。

「来る途中はあんまり気付かなかったけど、ここ、そういう場所なんだ。やっぱりセンセもやる気満々だったんじゃん」

「いや、店も水晶さんが選んだわけで……つまり、ハメられてたっていうか……」

「どうする？　よってく？」

他のカップルと同じように、彩世さんが腕をとって接近してくる。

「ちょっ……お前、何をして――」

おっぱいが思いっきり腕に当たっている。水晶さんの時とは違って、張りのあるおっぱいだ。

童貞には刺激が強すぎて、胸が激しくどくどくと音を立てている。

それは周囲の状況のせいもあるだろう。

しかも、いい匂いが鼻腔に漂ってくる。

水晶さんの時の、いやな香水の匂いとは全然違った。

「だってデートの練習になるじゃん？　センセ、入ったことある？」

「ばかなこというな！　さすがにそれはヤバすぎだろ」

「ちなみに今は女子会プランとかあって、女子の友達同士で入ってカラオケしたりもするんだよ？　センセは知ってる？」

「むしろなんでお前がそんなこと知ってるんだよ。入ったことあるのか？」

「なのにセンセはないとか、ちょっとヤバくないかなって」

「なんで入ったことないって決めるんだよ……」

「でも、ないんでしょ？　だったら――」

「入らないっての。それに、あんまり近寄るなって。こんな姿、誰かに見られたら、ほんとヤバいから」

俺は彩世さんの腕を振り払い、先を歩き出した。

「ちょっと、センセってば！」

ちなみに周囲にはラブホテルだけではなく、ホストクラブや風俗店もたくさんあるだけに、客引きたちが呼び込みにご熱心だ。

「あ、ちょっとお兄さん」と俺はすぐに声を掛けられてしまう。

直後、後ろからぐいっと、腕を引っぱられた。

「連れなので」

腕を組み、にこりと黒服に微笑む彩世さん。

それで黒服は去っていった。

続けて彩世さんは俺の方を見て、にんまりと、勝ち誇った笑みを浮かべて、

「助かったでしょ？　感謝して」

「まあ、それはな」

「そんじゃ、このままってことで♡」

言って、彩世さんは俺の肩に頭を預けるような形で寄せてくる。

「こうしていたら絶対に声もかけられないだろうし、あたしだって、ホストとかお水の勧誘に声かけられないし。一石二鳥、安全ってことで。こうして女を守るのも、男としては大事なことなんだから♪」

「それは……そうかもしれないけどな……」

彩世さんに言い負かされる形で、そのままの格好で三分ほど歩いて――

ようやく、駅へと辿りついた。

×　×　×

「お前が乗るのはここだろ」

地下鉄の改札の前で俺は足を止める。俺の家ではなく、彩世さんの家へと向かうのに一番早い路線の改札の前だ。

「このままセンセのところまで行くのはダメ？　どうせ上手く行ったら女を連れ込もうと考えて、部屋、綺麗にしてるんでしょ？　何も問題ないんじゃ……」

「いや、そんなこと……」

と目を逸らすと、

「やっぱりしてるんだ。さくらんの時もしてたしね」

フッと、思いっきり見下されて一笑に付されてしまった。

「ちなみに、冗談だから」

「へ……？」

「明日は友達と用事あるし、今日のところはこれで解散ってことで。今、うちにはママも、男も、いないみたいだし。ただし、条件が一つ――」

ぴっと、俺の唇に右手の人差し指を伸ばしてきて、

「ＴＷＩＮＳでマッチングしたら、今後はちゃんとあたしに相談すること。攻略方法、一緒に考えるから」

悪戯《いたずら》な笑みを浮かべる彩世さん。

それは、テレビで見るアイドルや女優のような――

ぞくり、と背筋が震えてしまうほどに魅力的な笑みだった。

「じゃあね♡」

とびきり百点満点の笑顔を残して軽く手を振り、彩世さんは去っていく。

直後、俺は思わず苦笑して、

（あんな子が、彼女だったらいいんだけどな……）

そう考えてしまったのは、彩世さんの姿が、過去に付き合ったことのある女性の笑みと被ってしまったせいだ。

（――って、何を考えてるんだ、俺は……）

ぶんぶんと首を左右に振って考えを振り払おうとする。

それに彩世さんに冗談と言われた瞬間、ちょっと残念だと思ってしまっている自分もいた。

なんで、そんな風に思ってしまったのか――

（本当にダメだな、俺は……）

これからはこんな考えをしないためにも、ちゃんと今日のことを反省・反映して、次からもっと上手くやろう。

彩世さんへの相談は――

（したら、今日みたいに監視という名のストーキング、してきそうだしな……）

相手や状況を考えてということに決めた。

隠していたら彩世さんは怒るかもしれないけれど。

上手くいけば、きっとそれでいいに違いない。

俺は自分にそう言い聞かせた。

6

水晶さんの出来事から一ヶ月ほどが過ぎていた――

変わらず俺はＴＷＩＮＳで恋人探しを続けている。

平日放課後でもなんとか時間をつくり、三人デートまで進めたのだが、上手く一度目のデートが出来たと思った二人には、二度目のデートで、一人は保険、一人は宗教の勧誘をされてしまった。つまるところ、色恋営業というやつにあたってしまったわけだ。

『そういうのは俺もあったぜ。貴金属の販売とかもな。最初はすごく人当たりがいいし、これはいけるって思ったところでやられると、ショックがデカいんだよな。で、ヤっちまった相手はいるのか？』

電話の相手は師匠・袴田《はかまだ》である。マッチングアプリでの婚活の進捗《しんちょく》はどうだと訊ねる電話をしてきたので、これまでマッチした相手の話になっていた。

「水晶さん合わせて、誰ともやってないって。ちゃんと断ったから」

とはいえ宗教の人からは『あなたの幸せを祈っています』みたいなメッセージが毎日届いている。怖いのでブロックも出来ていない。そろそろスパムとして申請したほうがいいのかもしれないけど。

『中には身体の関係を結んで、断れなくしてから売りつけてくるやつもいるって聞いたことはあるが、そこまではいってないってことか』

「そういうのは、今のところないな」

どちらも彩世さんが監視していたし、もちろんそんな関係になれるわけがない。

「私は二人とも、最初から怪しいと思ってたのよね。だってこんなモテそうな美人二人が、センセにアプローチしてくるとは思えなかったもの。ゼッタイに何か裏がありそうって言った通りだったでしょ？」

それが彩世さんの総括だった。

「でもさ、モテるようにお前がしてくれたんじゃなかったのかよ」

「だとしても、いくらなんでもって話よ。だって二人とも、普通ならとっくに結婚してそうな感じだったじゃん。今してないなら難ありに違いないって言ったでしょ？　そういうセンサーは働くのよ、あたし」

確かにそんな風に彩世さんは言っていたけど——

「そういや、もっとヤバいのがあってさ……」

『おっ、ヤってトラブルになったのか？　民事か？　刑事か？』

「そういうんじゃねぇよ。むしろそんな勇気は、俺にはなかったっていうか……」

『なんだよ、それ。ヤれそうだった話？　もしかして未成年か⁉』

「え？　あ、ええと……そうじゃなくて。というか、教師がそういう冗談を言うなよ」

未成年と言われて、一瞬、彩世さんのことが脳裏を過《よぎ》り、ドキッとしてしまった。

でも、そうじゃない。

話すかどうかも迷ったが、袴田ならいいだろう。

ちなみに彩世さんにもデートの詳細を伝えていない話だ。当日、彩世さんは用事があって監視もされていなかったので、上手くいかなかったとだけ伝えている。


で、その相手というのは、喫茶店でとりあえず会おうと言ってきた若い女性だ。

見た目は少し暗め。職業はＯＬだという。年齢は俺と同じ。大人しそうで、引っ込み思案そうだけど、顔はそれなりに可愛らしい。アニメやゲームも好きだとか。

少し好みとは違うとはいえ、なんとなく俺に合いそうな相手だとは思ったのだけど――

ちょうどお店で隣同士に座って食事をしながら、いい感じになったところでのことだった。

「その……深い話をする前に、一つ聞いておきたいことがあるんですけど……こういうの、興味ありませんよね？」

言って、スマホを俺に見せつけてくる。その画面を見ると同時に、カッと、俺は自分の顔が赤くなったのがわかった。

そこに写し出されているのは、目元が黒線で隠されているとはいえ、十人ほどの男女が裸で絡《から》み合《あ》っている写真だったからだ。

（これって、いわゆる乱交パーティってやつだよな？）

俺が困惑していると、目の前の女性が訊ねてくる。

「男の人は参加費二万円だけど……興味があるなら、いかがでしょうか？　あ、最初は私が払ってもいいと思ってるんです。好みのタイプの人を連れてきてと言われていて……うふふ」

「え、いや、その……」

好みのタイプって言ってもらえるの、本音なら嬉しいけれど……。

「これ……参加してたりするんですか？」

顔を真っ赤に染めて照れたようにしながらも、こくりと、頷《うなず》かれてしまった。

（マジか、こんな大人しそうな女性《ひと》が……）

あまりに衝撃的すぎた。

まったくそんなことをするように見えない。

「でも前のパートナーが、いきなり消えちゃって。それで、新しいパートナーを探していて……」

「す、すみません、こういうのはちょっと……」

童貞には刺激が強すぎる。

……っていうか、よくわからないけど、これ、犯罪じゃないのか？

「ごめんなさい。普通はダメ、ですよね……こんなの。仲間に教師とかも多いので、さっき、教職って聞いて、あなたなら、いけるかなって思ったんですけど……」

「え、ええと……」

教師＝ヘンタイとかやめて欲しいんですが……。

いったいどこの教師だ？

バレたら免職なのではないだろうか？

「なら、このことは忘れてください……。でも、私とだけというのは……」

「はい？」

相変わらず俯《うつむ》き、恥ずかしそうに頬を赤く染めている女性。続けて、彼女はまたスマホを見せつけてきた。

「こういう趣味は、お嫌いでしょうか？」

スマホに表示された写真を見て、俺は再び絶句してしまった。それは縄のようなもので縛られた目の前の女性の裸体の写真だったからだ。

「こういうのも、あります……」

写真をスライドすると、次はボンテージに拘束具をつけた、目の前の女性らしき写真が表示される。

（いわゆるこれ、ＳＭプレイってやつじゃ……）

ドン引きする俺に、目の前の女性は熱っぽい表情で語り続ける。

「私、こういうのも好きで……はぁはぁ……あなたみたいな優しくてマジメそうなメガネの人――そう、見た目とはちがって実は鬼畜なメガネの男性とかに、鞭《むち》とかで叩かれるの、すごく興奮して……大好きで……」


『わはははははははっ、で、その女性はどうしたんだよ？』

「当たり前で断ったよ！　特殊性癖すぎるわ！」

すっごい残念そうだったけど、仕方がない。俺についていける世界ではなさそうだったし、俺が今、女性に求めているものでもなかったからだ。

『まあ、俺も近いようなことはあったけど、それは女衒《ぜげん》みたいな相手だったぜ。こんな人が紹介出来ると、いろんな女性の写真もスマホで見せられたり。二次元とか好きなら、コスプレ出来る子もいたりするとかで……』

「ヤったのか？」

『さすがに怖くてヤってねーよ。すっごく若い子もいるとか言われて、ちょっと惹《ひ》かれたけど、さすがに手を出せないって』

「っていうか、TWINSは婚活用だからそういうヤバいのは少ないってのも結構いろんなところで見たんだけどな。お前もそんなこと言ってただろ」

『あくまで少ないってだけで、ないってわけじゃないぜ。他のもいくつかやったが、ヤバいのはヤバいのばかりだったし』

わははと笑って、袴田は続ける。

『ていうか今の話を聞く限り、継続的に会ってる相手は、まだ一人もいないのか？』

言われた直後、また頭に浮かんだのは彩世さんだ。

彼女の話はまだ袴田にはしていないので、

「……いないよ」と俺は答えた。

そもそも彼女はそういう相手ではなく、あくまで俺の生徒だ。

なので、話をする必要はないだろう。

『そっか。俺も最初はそうだったしな。でもさ、そのうちきっといい相手が見つかるって。そんじゃ、来月あたり飲もうぜ。ヤナも一緒にな』

それで話が終わり、電話が切られたところでのことだ。

ブルッとスマホが震えて音が鳴った。

TWINSからの通知だ。

「MYU♡」さんから「いいね！」されましたというものだ。

（このタイミングでか……）

そのうちいい相手が見つかるという、袴田の言葉を思い出す。

（これが、運命の出会いってやつならいいんだけどな）

なんて、そんな風に思いながら、俺がMYU♡さんのページを開くと同時のことだ。

「え……？」

雷に打たれたようなというのはこのことなのだろうと思うくらいの衝撃が、俺の身体を駆け抜けた。

「MYU♡」さんのプロフィールの写真に、俺は見覚えがあった。

見た目はかなり大人びているし、髪も短くなっているとはいえ、それは中学時代に一瞬だけ付き合ったことがある女性。時折、どこか彩世さんと重なってしまうこともある俺の元カノ――相良美優《さがらみゆ》に違いなかった。

第五章 〉 初恋の呪縛 05

「初恋は、男の一生を左右する。」

（アンドレ・モロワ）

1

『TWINS《ツインズ》で何らかのアプローチが来たら話をすること。その時は、一緒に攻略法を考えるから』

彩世《あやせ》さんにそう言われていたので、これまでは基本的にそうしてきた。

でも相手は昔の知りあい。それも、元カノからの連絡だ。

話をするべきかどうか迷ってしまう。

現状、相手が何を考えているかもわからない。

同じ女ならば、わかることは何かあるのだろうか？

話すべきか、話さないでおくべきか——迷っている中での、翌日の昼休み。図書室でパソコンと向かい合い、司書教諭としての仕事をしている最中のことだ。

「ねえ、センセ。何かあたしに隠しごとしてるでしょ?」

側にいた、学校スタイルの彩世さんが訊《たず》ねてきた。最近、こうして俺《おれ》が図書室に居る時に、彼女はいつもやってくる。

昼休みになってすぐの図書室には、あまり人が来ないからだろう。校内であれ、ここならばなんでも話せると思っているに違いない。

態度だって教室とは違う。

本性の彩世さんだ。

「いや……何もしてないけど」

動揺しながらも誤魔化《ごまか》そうとするが、フッと、彩世さんに一笑に付されてしまった。

「なんだよ、その笑みは」

「あたしに隠しごとをしても無駄なんだから。センセのことならお見通しだもの。ゼッタイに、何か隠しごとがあるはず。どう? 正解でしょ!」

「う……」

まあ、正解なんだけど。

もちろんその隠しごととは、元カノからTWINSを通して連絡がきたことだ。

彩世さんに話すべきなのか、そうでないのかは、まだ結論が出ていない。

とはいえ、彩世さんは聡《さと》い生徒だ。中途半端《ちゅうとはんぱ》に喋《しゃべ》ったら、絶対に誤魔化しは許されないし、追究が止まらないに違いない。

隠しごとが疑われた時点で、もはや話すしかないのだろう。

「ほら、話してみ。ほらほら」

「やめろ、離れろって！」

近づいてきて、俺の首をロックする彩世さん。その文学少女スタイルの見た目でやることではない。ふにゅりとおっぱいも、俺の背中で潰《つぶ》れるようして当たってる――

「わかったって。ちゃんと話すから、離れてくれ」

そう言って彩世さんに離れてもらい、俺は続ける。

「実はさ、ＴＷＩＮＳで元カノから接触があって……」

「は……？」

その表情といえば、何言ってんだこいつ？　というものだ。

「冗談を言えなんて、言ってないんだけど」

むっとした様子で言葉を続ける彩世さん。

でも冗談でもなんでもない。

「ほんとに来たんだよ。中学時代に付き合っていた彼女から」

「む～。なら、どういう人なの？　写真見せて。センセに中学時代彼女が居たなんて初耳だし、ちゃんと実在するのか、どんな女なのか、確かめてあげるから」

「いや、それは……」

「なんでちょっとプライバシーが……みたいな反応するの⁉」

「事実、それはちょっとプライバシーが……」

「ふ～ん……隠すんだ。わかった。今回はあたしに相談ナシと。それなら、こっちにも考えがあるから」

「なんだよ、考えって……」

「センセが元カノちゃんとデートすることになったら、センセを尾行して、そのデート中に、どんな相手か確認。あたしも元カノって言って出て行って、相手の反応を見るの。その反応で、相手が今、センセのことどう思ってるのかを確かめて……」

「それはやめてくれ！　今、見せるから！」

昔の写真は持っていないのでＴＷＩＮＳに掲載されているものだけど。

この状況ではそうするしかないし、実際のところ、何かアドバイスが欲しいのは事実なのだ。

徒手空拳で戦うには厳しい相手なのには違いない。

「これなんだけど」

「どれどれ……え゛え……」

スマホに表示されている写真を見て、彩世さんはフリーズする。

解凍までかかった時間は五秒ほどだ。

「冗談はいいんだけど」

開口一番出た言葉。

「中学時代とはいえ、こんな綺麗《きれい》な人がセンセの元カノ？　あ、あり得ない……」

「まあ、それはわからなくもない感想だな」

はは、と苦笑するしかない。実際、その通りだと思うからだ。

中学生の頃でも十分綺麗で美人だったけれど、今でもその印象はまったく変わらない。更に相良《さがら》さんは、綺麗になっていると思えるくらいだ。

「どうやってこんな人と付き合ったの、説明して！」

「説明って言ったってな……」

俺がどうやって相良さんと付き合って別れたのか――実際のところ、その前提がなければ、アドバイスだって難しいものになるだろう。

だから、俺は語り出す。

それはもう、十年ほど前の話だ。

2

小学生の頃、二次元の美少女に憧《あこが》れをもったことがあった。クラスで人気の女子、元気で活発、親しみやすい可愛らしい女性に、仄《ほの》かな憧れを抱いたこともあった。

でも、本当の「恋」は中学生になってから。

相良さんが初めてだった気がする。

そんな相良さんと偶然、塾帰りの本屋で会ったことがあった。それが俺たちが親しくなるきっかけで——

「木崎《きざき》くん、こんなところで何をしてるの？」

「相良さんこそ、どうして？」

相良さんはクラスの人気者で、男子生徒たちの憧れの的。

それはただの地味な中学生の俺からしてもそうだった。

いつもキラキラしている相良さんは憧れそのもの。

それだけにドキドキして、きっと当時の俺は挙動不審になっていたに違いない。

「お、俺は塾の帰りで……相良さんは？」

「私はピアノの習いごとの帰り。一緒だね」

「ピアノ……好きなの？」

「好きじゃない。親に習わされてるだけ」

「あっ、ごめん。そうなんだ」

「木崎くんは、塾に好きで通ってるの？」

「……好きっていうか、勉強、もっとしなきゃいけないから」

「？　どういうこと？　いい高校に行きたいとか？」

「そういえば、そうなんだけど……」

相良さんと話が出来て、舞い上がってしまっていたのだろう。俺は自分が通っていた小学校の時の話を、相良さんに始めてしまった。

俺が通っていたのは相良さんとは違う学区の一般的な公立の小学校で、そこに尊敬する先生がいたこと。

運動が苦手、勉強もそこそこで、マンガや小説を読むくらいしか趣味のない小学生男子だった俺にはあまり友達もおらず、いつも一人だった。

そんな俺に声をかけてくれたのがその先生だ。

——俺も昔はそういう子供だった。

——だから、それでいい。

——大人になるにつれてそれを認めてくれる人だっている。

——俺だってそうだった。

——人間いろいろ。

——それが個性だ。

そんな先生の言葉で、かなり勇気づけられた。

自分のネガティブな部分の話を外して、俺は相良さんにそのことを伝えていく。尊敬し、憧れる先生が通っていた小学校にいて、自分も先生になりたいと思ったのだ、と。

「だから俺もあんな先生みたいになりたいってなったんだ。それならたくさん勉強して、いい高校に——その先生の出身校に行った方がいいかなって」

その高校は県の公立で上位三校に入るくらいの進学校で、簡単に入れるものではない。

「へえ、そうなんだ」

相良さんはにこりと微笑んで、

「夢があるって、すごいね」

夢——

言われるまで考えたこともなかった。

夢といえば芸能人とか、スポーツ選手とか、マンガ家とか、配信者とか、ゲームクリエイターになりたいだとか、そういうものだと思っていたからだ。

「そんなちゃんとした夢がある人、クラスに殆どいないと思うよ。すごいと思う。私にはなりたいものとか、何もないし……って、そうだ。もうすぐ期末試験でしょ？　よかったら、私に勉強教えてくれない？」

「え……？」

「私、あんまり成績よくなくて——先生目指してるなら、予行練習のつもりで、ね？」

お願いと、胸の前で両手を重ねる相良さん。

まさかの展開だった。大好きな人と、こんな形で親しくなれるだなんて——こうしては俺は、相良さんと二人で勉強をするという時間を手に入れたのだ。

そして一緒に図書館に行ったり、喫茶店にいったりするようになった中での、ある日の夜のこと。図書館帰り、二人で歩いて帰宅している最中のことだ。

いきなり相良さんが手を握り、指を絡《から》めてきた。

突然のことに驚いて、それでいて照れ臭くて、思わず俺は手を離してしまう。

「あっ、ごめん……びっくりした？」

少し哀しそうな表情で訊ねてくる相良さん。

慌てて、俺は答える。

「こっちこそ、ごめん……でも、こういうのは、その……こ……」

「恋人同士がすること？」

俺が言おうとしていたことを、口にする相良さん。

続けて、相良さんは曖昧《あいまい》に微笑んで、

「あのさ、木崎くんは、私たちがまだ、恋人同士じゃないって思ってたりする？」

その相良さんの言葉が、俺たちが正式に恋人同士になるきっかけだった。

ちなみにその時、俺は人生で初めてのキス——ファーストキスをしたのだけど、それを彩世さんに告げるのは恥ずかしいのもあるし、やめておいた。

それから数ヶ月、俺たちは互いに塾や習いごと帰りに会ったり、休日に何度かデートをしたりもした。

でも受験勉強に向けて塾の授業や、休日にある模試で忙しくなっていって、次第に会えなくなり、距離が開いていってだとか、いろいろなことが積み重なって——


「そのまま自然消滅したってわけ？　なんでちゃんと話しなかったの？」

「だって、なんだか悪い気がして……。嫌われたんじゃないかって思ってさ。だから改まって話とか、しづらくて……」

「どのみち別れるなら、ちゃんと切り出して話し合った方がいいじゃん。意味わかんない」

そう言われたらそうなのだけど、今になって考えてみれば「別れよう」と言われるのが怖かった。つまりは、いくじなしだったのだろう。傷付くのだって怖かった。それで勉強に支障が出るのではないかと思ってしまったのもあった。

現状維持を望み、俺は恋愛から逃げたのだ。

かっこよくいえば、夢をとったとも言えるかもしれない。

「で、それから、ずっと連絡も取ってなかったわけ？　なのにいきなり連絡が来たの？」

「そういうことになるな」

「それ、絶対騙《だま》されてる！　前にあった宗教の勧誘とか保険の勧誘に違いないって！　昔のクラスメイトとか友達に声をかけることが多いって言うし。もしくは、マルチ商法かも！　絶対にそう！」

「相良さんに限ってそんなこと……」

「それは元カノ贔屓《びいき》。騙される元よ。気付けばセンセがその女に騙されて、テロリストになって、政府転覆を志したりすることになるかも！」

「物騒なこというなって。絶対にないから」

「で、会うのはいつ？　今週？　来週？」

「再来週の日曜、だけど……」

「じゃあ、それまでにその女のこと、あたしが調べ尽くす。時間はあんまりないけど、なんとかやってみるから！」

「……本気なのか？」

「センセがマッチしたいっていうなら、上手《うま》くいくように手伝うのがあたしの目的だし。もしかしたら、怪しい活動してるの見つかるかもしれないし！」

「だから、そっちはたぶんないって……」

とはいえ、こうなってしまっては、止めてもきかないのが彩世さんだ。

それに情報を知りたいというのは、素直にある。

少しでも今の相良さんがどんな人かわかれば、話だってしやすいことは間違いない。

直接会った時の緊張だって、少しはほぐれるはずだ。

「ただ絶対に、ヘンなことはするなよ。直接話をするのも禁止だからな」

「そんなのわかってるって。これもセンセのためなんだから」

なんだか自分の生徒を使うのは悪い気はするけど、彩世さんの行動は、自分としてはほぼデメリットもない形ではある。

だからもう、ありがたくお願いすることにした。

(でもそれって、俺が相良さんに、強い想いが——)

というより、未練があるのかもしれない。

「それはそうと、センセ。男の人って、過去好きだった女のことを忘れないっていうけど、本当？」

「え……？　それは人によるんじゃないか？」

少し動揺して答える。

どうしてそれを見透かされてしまったのか、

「むう……初恋は呪《のろ》いだよ、センセ」

「なんだよ、それ」

「前読んだ本に書いてたの。初めての恋人の幻影を追い続ける。初恋だけが本当の恋。初恋は男の人生を左右するって」

そこでガラリと扉が開いて、図書室に別の学生がやってきた。

彩世さんとの会話もこれで打ち切りだ。

「面白《おもしろ》い話をしていたところだったけど、仕方ないか。それじゃ、センセ。報告、楽しみにしててね♡」

俺の耳元に唇を近づけて小さな声でそう言い残し、彩世さんは図書室を出て行った。

（……初恋は呪いか……）

頭の中をリフレインする言葉。

言われてみると、確かにそうかもしれない。

（あれからずっと、相良さんに似てるかどうかだけで、考えてしまってたしな……）

目の前の女性についても、アニメやマンガのキャラクターでも、それはエッチなビデオでも変わらなかった。

そもそも本当の恋をしたというのは、俺にとって相良さんが初めてであり、最後でもあるのだから――

だからこそ俺はずっと、相良さんのことを引きずっていたのかもしれない。

そういえば初恋は、男の一生を左右するなんて言葉も聞いたことがある。

（それにしても……）

いったい彩世さんは、どんな風に、どこまで調査をするというのだろう。

やっぱりかなり、不安になってきた。

3

調査報告の時間です！


そんなメッセージが彩世さんから届いたのは、彩世さんが俺の元カノ、相良美優《みゆ》の情報を探り始めてから、一週間と少しが過ぎようとしていた土曜のお昼過ぎのことだ。

相良さんとのデートの前日でもある。

期限ギリギリまで調査をしたということなのか。

それともギブアップなのか。


これからセンセのところいくから。

続いて届いたメッセージは許可を求めるものではなく一方的なもので、俺は大きくため息を吐《つ》いた。今日の予定は何もないとはいえ、である。

（彩世さんらしいけど、これに慣れるのはどうかしてるよな）

それに彩世さんは俺の生徒であり、本来は家に連れ込んで話すような相手でもない。しかもその内容が、俺の恋愛のことだなんて——

それでも、いったいどんな調査をしたのだろう？　どんな報告が来るのだろう？　とドキドキしながら待っていると、一時間と少ししたところで、ピンポーンと家のチャイムが音を立てた。

俺が扉を開けると、そこに彩世さんが立っている。

その表情といえば、ずいぶんと暗いものだ。

「ねえ、センセ……」

「な、なんだよ……？」

普段とは違う態度に警戒してしまう。

「良い話と悪い話、どっちから聞きたい？」

真剣な眼差《まなざ》しで、真面目《まじめ》な様子で訊ねてくる。

「そ、それって、悪い話もあるってことか……？」

「むふふ～☆」

ビビる俺に対して、にんまりと笑みを浮かべる彩世さん。

「ドキドキした？　まあ、ずっと学校でもあたしの方を見てソワソワしてたし、気になってたまらないのはわかってたけど」

確かにずっと気になっていたけれど、そんな風に見られていたなんて。

「その態度、つまり今のは冗談ってことでいいんだな」

「ううん、良い話も悪い話も、両方あるのは本当。んじゃ、さっそくその話しよっか」

言って俺の家に上がり込んだ彩世さんは、いつものように低いテーブルの前に座り、俺もその正面に座った。

「で、どっちから聞くか決めた？」

「そう言われてもな……」

「じゃあ、時間切れってことで、悪い話からいこっか。それでセンセがどう思うかが一番だし。これ、見て」

さっそくと、彩世さんが差し出してきてスマホに視線を向ける。

そこには四十歳から五十歳くらいのおっさんと並んで歩いている、若い女の写真が映し出されていた。

「これって――」

「見ての通り、相良美優よ」

指でピッチをして拡大すると、その顔がアップになる。

確かにその写真の女性の方は、間違いなく今の姿の相良さんだ。

TWINSで見る写真と顔が同じだ。

（────!!）

「もう一枚あるから」

次の写真は、若い男と一緒に食事をしている写真だった。

その写真も女性の方は間違いなく相良さんだ。

「見ての通り、あの女はマッチングアプリを使っていろんな男に色恋営業かけてるか、もしくは、やりまくりのビッチだったのよ！」

「いや、色恋営業にビッチって……」

「ゼッタイにヤることヤってるって。いわゆるパパ活か枕《まくら》に違いないって！」

「証拠はあるのか？」

ホテルに行ってるとかはもちろん、宗教勧誘、保険の勧誘などをしていたら、その証拠の写真や音声でも彩世さんは手に入れているだろう。

「いや、それは……」

「ないなら、俺と同じで婚活してるだけじゃ……」

「だったら一枚目なんて、年齢《とし》離れすぎじゃん！」

「年上が好みなだけ、とか……」

「ならなんでセンセに声かけてくんの？」

「それは……ええと、懐かしかったからとか？」

「はあ？」

半眼になって、呆《あき》れた、という顔をしている。

「それにその男が、ただの職場の関係者とか、親戚とか親とかいう線もあるだろ？　腕とか組んでるわけじゃないし、色恋とかビッチとかいうのは……」

「むむむ、確かにそうだけど、親しそうに話してたし、食事してる雰囲気だって……まあ、これでなんとも思わないなら、いいわ。次は、センセにとっていい話をするから。元カノにとっては、悪い話かもしれないんだけど」

「？」

どういうことか、イマイチ意味がわからない。

「そうね、その話聞きたいなら、肩揉《も》んでくれない？　これ、ほんとすごい情報だから。上手《うま》く行けば、センセはヒーローになれるよ？」

「なんだよ、それ」

本当にわけがわからない。

「聞きたいなら、ほらほら、肩。女の子は肩こり激しいのよ。おっぱいの重みがあるから」

「……ったく……」

何を言ってるんだこいつはと思いつつ、仕方ないと、俺は絨毯の上に座っている彩世さんの背後に立ち、肩を揉み出した。

（なんで俺がこんなことを……）

普通ならば肩を揉まれるのは年上である俺の方——教師である俺の方じゃないかと思ってしまう。でもそれは、小学校くらいまでだろうか？

「センセー、肩揉んであげる！」なんて、天真爛漫な笑顔で近づいてくる、小学生の頃の彩世さんを想像してしまった。

きっと、とても可愛らしいだろう。

だが現実といえば、

「はぁ……♡　あっ……♡　んぅううっ……♡」

「お前、なんて声出してるんだよッ！」

「え？　なに？　先生の肩揉みが気持ちいいだけだけど、何か問題が？」

「お前、わざとやっただろ」

「なんでも慣れるのが大事でしょ？　さあ、もっと揉んで」

「揉んでって……」

「あっ、今エッチなこと考えた？　後ろから胸元《むなもと》、覗《のぞ》き込んだ？　さっき、おっぱいの話をしたから気になった?」

「馬鹿《ばか》なこと言うな。それより、一発逆転の情報を教えろって」

早く言えと圧力をかけるように、俺は再び肩を揉み始める。

「ちょ、痛い! 痛いって! 教えてあげるから、もっと優しくして!」

「だったら、早く話せって」

「ええとね、あたし以外に、あの女をこそこそ追ってるやつがいたの。ちょっと待って」と俺から離れてスマホを手に取り、少しして、その画面を俺に見せつけてくる。

「ほら、怪しいでしょ?」

「……確かに、怪しいな」

身長は俺と変わらない170そこそこで、目深に帽子を被っている。

「これはもう、絶対に刺されるわね。ストーカーに違いないわ。それだけの恨みをかうようなことを、センセの元カノはしてるのよ」

「物騒なこというなって」

「センセもあの女にたぶらかされたり、ふられたりして、こうならないように気をつけて」

「いや、そんなこと相良さんはしないだろうし、俺はそんなことにならないっての」

そこまで他人に対して思い入れが強く、行動的な人間であれば、これまでにだって何かしらのチャンスが——相良さんとの中学時代だって、別の展開や未来があったはずだなんて、そんなことを思ってしまったりして。

「まあ、もしデート中にこいつ見かけたりしたら、聞いてみるといいわよ。場合によっては本当にセンセ、ヒーローになれるかもしれないから」

「うーん……」

果たして、それはどうなんだろうと思うけど――

でも、この怪しいやつ。

本当にいったい、何者なんだろう?

4

やってきた元カノ。

相良美優とのデートの日。

少し早くから最寄りの駅に向かって、ぶらぶらしながら時間を潰し、トイレなども済ませて(そこで髪や身だしなみも整え直して)、十分前に待ち合わせの場所であるカフェの側へと到着したところで、MYU♡さんこと、相良さんからのメッセージが届いた。

ゴメンなさい……<(_ _)>
五分ほど遅れそうかも。
先にお店に入ってて。

というものだ。

了解。


と送り返して、俺は店に入ることにした。

昭和の香りが残る古い洋風カフェ。

予約することは出来ないし、休日だけにすぐに入れるかどうかはわからないと相良さんはメッセージに書いていたけれど、俺の前に並んでるのは一組二名だけ。

事前に検索した写真を見た限り、店内はかなり広かったし、席もかなり数があるはず――と、それだけに前の組に続いて、すぐに俺も店内に入ることが出来た。

案内役の店員さんに連れが一人、すぐに来ることを告げると、窓際にある二人席に案内される。そこで俺は相良さんにその旨のメッセージを送信。

それからはメニューを見たり、出された水を飲んだりして時間を潰していた。

緊張しているだけに喉《のど》はカラカラ。

水がどんどん減っていく中で五分が経過。

そろそろかと思って周囲に視線を彷徨《さまよ》わせたところで、俺は一人の女性に目を奪われた。

最後に直接姿を見たのは、成人式の日だ。

なんだか気まずくて、その時は言葉を交わせなかった。

あれから五年近く経《た》っている。

髪は短くなり、少し大人びた雰囲気になっているだけに、街中で一瞬すれ違う程度ならば、相良さんとわからなかっただろう。

でも、今目の前にいるのは、間違いなく相良さんで――

視線が重なる。

「あ、いた」

それが、十年ぶりくらいにかけられた声だ。

「ひ、久しぶり」

「こちらこそ」

緊張で声が震える俺に、にこりと微笑む相良さん。

そして、俺の目の前の椅子《いす》に腰をかけた。

（ほんと、大人っぽくなったよな……）

目の前に座る相良さんを見て、改めてそう思っていると、

「すぐにわかった。修くん、変わらないから」

修くん——昔と同じ呼ばれ方で話し掛けられ、ドキッとしたところで、店員が水とメニューを持ってやってきた。

「ええと……どうぞ」

テーブルの上に置かれたメニューを、先に相良さんに差し出す。

レディーファースト。

こういう細やかな気遣いも、相手の印象には重要だと、彩世さんから教えられたことだ。

「私は紅茶でいいかな。このフルーツティーを。修くんはどうする？」

「俺も同じでいいかな」

一目見て美味《おい》しそうだと思ったので、倣《なら》うことにした。

もちろん手を挙げて店員さんを呼んで、注文をするのも俺だ。

——注文終了。

ここからはディナーの予約の時間まで、この場で向かい合い、相良さんと一対一で話をすることになる。

まずどう話を切り出すべきなのか。

対戦格闘ゲームの試合開始直後、プロゲーマーを相手にした一般プレイヤーは、きっとこ

んな気持ちなのかもしれない。緊張のあまり、握り締めた拳《こぶし》に汗が滲《にじ》んでしまいそうだ。

「でもほんと、びっくりした。まさか、修くんがTWINSに登録しているだなんて」

様子を見て動けずにいる俺に、相良さんが先制攻撃を仕掛けてきた。

いきなり懐《ふところ》に入り込んできたようなものだ。

「それは、大学時代の友達に紹介されて……」

答えながらも、自然と水に口につけてしまう。

すると、

「もしかして緊張してる?」

いきなり訊ねられて、心臓が大きく弾んだ。

「手、震えてるから」

「あっ……」

言われて、確かに震えていることに気付いた。

これでは緊張もバレバレだ。

「ほんと修くん、昔と変わらないね。見た目はいかにも先生って感じにはなってるけど」

「そ、そうかな……?」

「あの頃よりも、服のセンスもよくなってるよ」

「えっ、あ、それは、その……ありがとう」

あの当時は親に買ってもらったものを適当に着ていただけだし、今考えてみると、めちゃくちゃダサかった。

相良さんも、よく付き合ってくれたと思う。

苦笑しか俺は返せない。

（まあ、今だって自分の生徒たちに選んでもらったものを着ているわけだけど……）

当時、相良さんはどうだっただろう？

あの頃は本当に服なんて意識していなかったけど、今は相良さんがオシャレであることはわかる。

そんな相良さんにも好感触なのだから、ここは素直に彩世さんたちに感謝しておくべきに違いない――なんて、そう思うと同時に、彩世さんの言葉を思い出した。

「ちなみにだけど、相手を褒めるのは大事だからね」

「褒められて、嫌《いや》な女はいないんだから」

というものだ。

これはいいチャンスだと思って、俺はそうすることにする、。

「相良さんも、その……すごく大人っぽくっていうか、綺麗になったと思う」

すると相良さんは一瞬、驚いた顔をして、

「……ありがと」

と少し照れくさそうに微笑んだ。

「修くんも、そういうこと言えるようになったんだ」

なんだか、いい反応な気がする。

心の中でガッツポーズ。

彩世さんのおかげもあるが、選択は大成功だろう。

好感度が上がったに違いない。

（――って、ゲームじゃないけどさ……）

ちょうどそこでフルーツティーが持ってこられた。

今度は手が震えないようにと、ティーカップを手に取る。

「ふふ、美味しい」

相良さんの言うとおり。

確かにとても美味しい。

「でもほんと、懐かしいね。昔、こうして二人でカフェとかいったの覚えてる？　映画、見てからさ」

「う、うん……」

付き合っている間に数回したデート。

そのうちの一回目のことだ。

「その時も、似たようなフルーツティーだったのは？」

「えっ、そうだっけ？」

「そうよ。覚えてないんだ」

「ご、ごめん……」

その頃、勉強を教えるのは慣れてきていたのだが、デートとなると緊張してしまって、本当にかなりテンパり、少し前に何を話したのかすら覚えていないような状態だった。

「でもまさかこんな形で相良さんに再会出来るとは思ってなかったっていうか、相良さんこそ、TWINSをやってるだなんて……なんかこうして会っても、そういうイメージがないっていうか……」

「どういうこと？」

少し、表情が硬くなる。

何か地雷を踏んでしまったのだろうか？

「え、あ、その……相良さん、モテるだろうし、マッチングアプリとか必要ないんじゃないかなって思ってさ。むしろ、マッチングアプリですら、俺からしたらすっごく高値の花すぎて、「いいね！」でももらえないと、こっちからしづらいとか思うくらいっていうか……」

慌てて取り繕う俺。

なんか余計なことまで喋ってしまったのだろうか？

一瞬、相良さんはきょとんとしていた。

でもすぐにニヤリと笑みを浮かべて、

「まあ、確かにモテるけれど」

「だよね……」

昔からそうだし。

少しとはいえ、俺が付き合えたのが不思議なくらいだ。

「でも、自分が興味ない人にモテても仕方ないでしょ？　妥協する年齢ってわけでもないし。私の周囲だって、みんなマッチングアプリやってるよ。女の子って、いつだって運命の出会いを求めているものなんだから」

「運命の出会い……」

「今、こうして大人になった修くんと再会出来たのは、それこそ運命だったりしてね」

「え……？」

今、小さな声で相良さんが呟《つぶや》いたこと。

それは俺の心を揺らすのには十分なもので——

その後した話は、殆ど記憶に残っていない。

気付けばフルーツティーも飲み干していた。

「そろそろ時間みたい。行こっか」

5

俺たちは予約していたディナーのお店に移動することになった。

そこで話をしたことは中学時代のことが中心だ。誰《だれ》が今何をしているとか、誰が結婚したとか、あの先生はまだ学校にいるとか。先生をしていると、母校との交流もあって、知れることも多い。

加えて、お酒を少し入れたおかげで緊張も解《ほぐ》れてきていたおかげか、俺が喋ることも多かった。ちょっとした同窓会気分。楽しい気持ちにもなっていた。

相良さんもそうだといいな、なんて思ったりもして。

ただ話の中で、過去に俺たちが付き合っていた時のことや、それにまつわるもろもろのことについては、互いに殆ど触れることはない。

避けるような会話にもなっていた。

ちなみにだけど保険や宗教の勧誘も今のところはない。

彩世さんの不安は杞憂だったというわけだ。

「そういえば相良さんは、今なんの仕事をしてるんですか？」

話もちょうど切れていたところだったので、つい思考の流れで聞いてしまった。

それはＴＷＩＮＳの相良さんのプロフィールにある職業欄が自由業になっていたことにもよるものだ。

「実は今、特に何もしてないの」

相良さんはあっけらかんと、何食わぬ顔で答えた。

「前にやっていた仕事も、いろいろあって辞めちゃって。今はこれから何をしようかって、考えてるところ。あえていうなら、自分探し中？」

「そ、そうなんだ」

まずいことを聞いてしまったのかと、少し焦《あせ》ってしまう。だがあまり相良さんは気にしていないようだ。

「修くんはすごいよね。あの頃からやりたいことがあって、その仕事にちゃんとついてるんだから」

照れくさいけれど、そう言われると嬉《うれ》しかった。

×　×　×

楽しい食事の時間はあっという間に過ぎていって——互いに全《すべ》てを食べ終え、俺が支払いをすると言って支払い、二人で店を出たあとのことだ。

これから駅に向かって解散、という予定だったのだけど……。

「ごちそうさま。このあと、どうする？」

そう言いながら、相良さんが身体をくっつけてきた。

続けて、耳元で囁《ささや》いてくる。

「さっきも言った通り、今は無職みたいなものだから……私は明日、特に用事がないんだけど」

一瞬、世界が停止したような気がした。

これは、このあとのことを期待されている。

誘われているということなのだろうか？

状況からして、そうとしか思えない。

（つまり、ここまでは悪い感じじゃないってことだよな？）

彩世さんのご指導を受けてきたおかげだろうか。

そうだとしたら、彩世さんに感謝だ。

（そして、もしかしたら今日、俺は相良さんと……）

焼けぼっくいに火がついたとは、こういう状況を言うのだろうか？

とはいえ、このままホテル直行なんて展開はいくらなんでもないだろう。

いくらなんでも急ぎすぎ。

ヤリモクと思われてドン引きされてしまう可能性だってある。

「そ、それならとりあえず、もう一軒……」

一応、ディナーのあとに合いそうなバーをいくつか見繕っていたりして。

そこでの会話でもいい雰囲気になれば――なんて更に先の展開を妄想しながら、ここから一番近いバーに行かないかと、相良さんに切り出そうとしたところでのことだ。

「センセ、逃げてッ!」

突如、その場に声が響いた。

その声が誰のものかを俺は知っている。

(なんで彩世さんがここに居るんだよ……!)

今日はついて来ないと約束したはずだったのに――と、思った直後に身体に衝撃。

駆け寄ってきた彩世さんが、横から飛びついてきたからだ。

それによって俺の身体は、コンクリートの地面に倒れることになってしまった。

巻き込まれる形で相良さんも倒れてしまう。

「彩世さん、いったい何が……って、相良さん、大丈夫……?」

彩世さんの身体を支えながら、起き上がりつつ声をかける。

「……私は、大丈夫だけど……」

身体を起こす相良さん。続けて、俺が身体を起こすような形になっている彩世さんを見て眉《まゆ》を顰《ひそ》めて、

「その子、何?」

俺がその子——

彩世さんに視線を向けたところだった。

彼女ははっと大きく目を見開いて、

「センセ、そいつ例の！」

「え……?」

彩世さんが向けた右手の人差し指の先には、一人の男が立っていた。

(こいつって……)

彩世さんに見せてもらった写真の男。

身長は170そこそこ。目深に帽子を被った男そのものだ。その存在に相良さんも気付いたようで、彩世さんと同じようにはっと目を丸くしたあと、男を睨《にら》み付《つ》けるようにして、

「どうして、ここに……」

「こっちこそ、なんでだよ！　なんでそんな男とデートして、腕まで組んでッ！」

「は……? そんなの、私の勝手でしょ。私は、あなたのものでもなんでもないんだし」

「相良さん、その人は……」

「昔マッチングアプリで会った男。連絡を取らなくなったら、私がその時バイトしてたお店まで押し掛けるようになって……」

「なんでＬＩＮＥも、マッチングアプリも、ブロックしたんだよ。俺と居る時間が楽しいって言ってたのに！」

「それは、あなたがその、こういう人だと知らなかったからで……」

「俺はキミのことを愛してるんだ！　キミが他の誰かのものになるくらいなら、いっそ俺が……！」

　ポケットから、何かを取り出した男。

それは片手で収まるサイズの、折りたたみ式のアーミーナイフだ。

「相良さんっ！」

「きゃっ！」

気付けば、身体が動いていた。

相良さんを庇うように抱き寄せる。

「くそっ、邪魔するな！　邪魔するなら、まずはお前から……！　ぐはっ！」

聞こえたのは、男の悲鳴だった。

顔を上げると、ひらりとスカートを翻《ひるがえ》しながら地面に降り立つ彩世さんの姿が見える。

どうやら彩世さんが、ストーカー男に回し蹴《げ》りをくらわせたようだ。

それでナイフも手から落ちている。

「昔、空手を習ってたし」

しかし、男はすぐに上半身を起こして、

「な、なんだお前、みんなで俺の邪魔をしやがって！　くそっ！」

見た目は普通の男だが、その行動といえば尋常ではない。男は落ちたアーミーナイフを拾おうと、地面を這い始める。それに気付いた俺はすぐさまナイフを踏みつけた。

こうすれば、簡単に取れないはずだ。

「貴様っ！」

起き上がろうとする男。

こうなったらナイフを蹴ってどこか遠くに――

でも、周囲に人は多い。

どうしようと困惑したところで、ピピーッと、笛の音が響いた。

足音も近づいてくる。

「おい、何をしている！」

駆けつけて来たのは、二名の警察官だ。ほっと俺が胸を撫で下ろす中で、男はアーミーナイフを拾い上げ、逃げるように走り出す。

「おい、待て！」と警察が追い始めた。

男は警察に任せることにして、俺は相良さんに訊ねる。

「大丈夫?」

相良さんはこくりと頷《うなず》いて、

「……ごめんなさい。私のせいで、ヘンなことに巻き込んで。あと……」

相良さんは俺たちの方をじっと睨み付けている彩世さんに視線を向けて、

「あの子は、なに?」

「あ、ええと……」

こうなったら仕方がない。誤魔化すのは難しいだろうと思い、俺は相良さんに彩世さんが俺の生徒であること。

彩世さんがTWINSを利用していたこと。

そこで互いに出会った縁から、俺の相談に乗ってくれていたこと。その上で、相良さんのことも相談していたこと。

俺に声をかけてきたのは保険や宗教の勧誘に違いないと疑った彩世さんが、相良さんをストーキングしていたこと。

そこで彩世さんが、自分以外のストーカーらしき人物を発見していたこと。

そして今日、デートを監視されていたことは知らなかったことなどを打ち明けていった。

言わなかったのは、彩世さんが俺の家に宿泊したりするような関係になっていることくらいのものだ。あらぬ誤解を生むだろうと思って、そこは誤魔化してしまった。

「先に教えてくれたら……というわけにはいかなそうね」

相良さんは呆れたようにため息をついて、

「というか、修くん。相変わらず、押しに弱すぎない？　その子に翻弄されてるんじゃないかしら」

まったくもってその通りとしか言いようがなかった。

三つ子の魂百までとはよく言ったものだと思う。

「事情はアレだけど、助かったわ。ありがとう」

彩世さんに感謝の言葉を告げる相良さん。

しかし彩世さんはぷいっとそっぽを向くだけで、相良さんと目を合わせることすらなかった。

どうしようこの状況……と戸惑っていると二人の警察官がやってきて、

「君たち、ちょっと話を聞かせてくれる？」

6

警察官に連れられて交番に移動したあと、俺と相良さんが、続けて事情聴取に応じることになった。

自分達が中学時代のクラスメイトだったことや、久々にあって食事をしたこと、その後に、相良さんがストーカーに襲われることになったことなどを、二人して伝えていく。

もちろん彩世さんの聴取も行われることになったが、すでに教師であることを警察官達に伝えていた俺は、横から口を挟み、彩世さんが俺の生徒であること——偶然、その場に彩世さんが居合わせて、駆けつけて来たことなどを伝えていった。

相良さんとのデートの監視をされていたことは、もちろんヒミツだ。

ここで言うことではないと思ったし、俺と彩世さんの関係が、ヘンに思われてしまう可能性だってあるからだ。

本当に奇跡的な確率としか言えないことだし、少し嘘《うそ》っぽくもあるが、詮索されることは特になかった。彩世さんも俺の嘘の意図を察してくれたのだろう。俺が言ったことに異論がないとの旨だけを警察官に伝えたのだった。

相良さんも何も口を挟まなかった。

その話が終わったところで、ちょうど俺たちの元に飛び込んで来たのは、ストーカー男が銃刀法違反で逮捕されたという一報だった。その男に大きな怪我《けが》はないということも、同時に伝えられた。

彩世さんがストーカー男に回し蹴りを浴びせたという目撃証言があったからだろう。

警察曰《いわ》く正当防衛にあたるだろうとのことだが、今後のことは男の聴取が終わったあとに、相良さんと俺に伝えられることになった。彩世さんとの間には、とりあえず俺が入る形になることも決定。

親には警察からではなく、俺から連絡して欲しいと、彩世さんに誘導されたからだ。

それはつまり、親に連絡したくないということなのだろう。

どうしたものかと思うけれど、彩世さんに弱みを握られている限り、俺は彩世さんの親に連絡出来そうにない。だがもちろん、そんなことなど知らない警察は、教師という立場もあることで、俺を通じて連絡を取ることを認めてくれた。

あとはといえば警察からの提案もあり、相良さんがストーカー被害の被害届を出したことくらいだ。

そして俺たちは、交番から解放された。

とはいえ、もちろん彩世さんもいるし、状況的にも相良さんとのデートを続けられる状態ではない。

よって今日は解散することになり、三人で駅へと向かって歩いている。

元カノと、自分の生徒と一緒に歩くというのは、なんだかヘンな感じだ。

すぐに駅に到着。

路線の都合上、最初に離脱するのは俺だ。

「それじゃ、俺はここで」

切り出して、別れの挨拶《あいさつ》を告げようとしたところだった。

「あ、修くん。お詫びとかお礼を兼ねて、今日の仕切り直しをしたいの」

言われて、びっくりした。

あとで俺の方から切り出そうと思っていたことだからだ。

「相良さんがいいっていうなら、そうしてくれるとありがたいけど……」

「なら、え～と……」

相良さんはスマホを取り出し日程を確認して、

「来週日曜、七月七日はどう？」

「えっ」

唐突に、声を上げたのは彩世さんだ。

「なんでお前がそんな反応するんだ？」

「……なんでもない。ただ、七夕だって思っただけ」

答えて、彩世さんは目を逸らした。

俺はスマホで予定を確認する。

「特に何も入ってない、かな」

七夕にデート。

それは少しロマンティックかもしれない。

彩世さんが反応したのも、きっとそういうことなのだろうか？

「なら、オッケーってことで。また連絡するわね。それじゃ、彩世さんだっけ、あなたも。今日はありがとう」

「……どうも」

微笑みを向けられて、ばつの悪そうな表情で答えた彩世さん。

ストーカーしていた相手なのだから、それはそれで当然だろう。

ただそのあとに俺が「じゃ明後日、学校でな」と声をかけても、何も答えずじっと押し黙っていたし、どこか不機嫌そうな表情も浮かべていた。

いつもの彩世さんらしくはない。

その時、その理由はわからなかったけど、数日後、俺は理解することになる。

俺が相良さんとデートの約束をした七夕の日。

その日は、彩世さんの誕生日だった。

introduction

side：咲来《さくら》 ———

0

七月七日。

ざまあみろと言いたくなるような雨だ。

彦星と織姫が出会うという七夕の日。

梅雨の季節だけあって、毎年雨が降っている気がする。

きっと二人も天《そら》の上で泣いていることだろう。

あたしの心だって同じだ。

——いや、違う。

それは、心だけじゃない。

頰《ほお》を伝って流れ落ちるのは、もちろん雨粒ではなくて——

1

センセとその元カノである相良美優《さがらみゆ》がデートした日。

交番で警察官に事情聴取されたあとのことだ。

センセと元カノと一緒に駅まで向かい、センセと別れたあと、あたしは自分の家に帰るために、改札に向けて歩き出した。すると、

「待って」

喋《しゃべ》りたくなかったので、別れの挨拶《あいさつ》もしなかった女が背中に声をかけてくる。

もちろんその女は、センセの元カノだ。

「なに？」

振り返り、あなたと喋りたくはないと睨《にら》み付《つ》けるようにしながら訊《たず》ねたあたしを、じっと見つめながら相良美優が訊ねてくる。

「修くんのこと、どう思ってるの？　遊んでるの？」

「は？」

なにこの女？

あたしを挑発してるの？

そう思ったので、キッと睨み返して、

「遊んでいるのはあなたじゃないんですか？」

「どうしてそんなこと言うの？」

「私、あなたのこと調べました。マッチングアプリを使っておっさんと会ってたり、若い男と食事したり。ストーカー被害に遭ったのだって自業自得だと思うんですけど」

「へぇ、それ修くんに言ったの？　それを知ってるあなたもストーカーじゃないかしら」

「そ、それは……」

「それにね」

自嘲するように相良美優は笑って、

「本気だったらどうする？」

「え……？」

「修くんのこと」

それは、想像してなかった回答《こたえ》だった。

動揺したあたしは、返事に困ってしまう。

「ふふっ、可愛《かわい》い♡」

「なっ……！」

いきなり子供扱いされて、むっとする。

相良美優はあたしを見下すかのように、口元を緩めていた。

ほんっとーになんなんだ、この女は。

「バカにしないで。それに、あなたみたいな……その、綺麗《きれい》な人なら、どんな人だって捕まえることだって出来るでしょ。なのに、センセにどうして——」

「似たようなこと、修くんにも言われたわ。マッチングアプリなんか必要ないんじゃないかとか、自分からしてみれば高嶺の花だ、みたいなこと。でもそれ、あなただって同じよね？」

「なっ……！　何を言って……！」

「なに真っ赤《まっか》になってるの？　男女の関係なんて人それぞれ。あなたみたいなお子様でも、それはわかるでしょう？」

「だからバカにしないでって言ってるでしょ！」

「あたしはバカにしてないわよ。あなたがそう、修くんに思われてるってこと。それにあなた、あたしが修くんの元カノだったこと、知ってるんでしょ？」

そう言ったあとのこと、自嘲するように——

それでいて、どこか哀しげに相良さんは微笑んで、

「別れたのは、修くんが嫌いになったからじゃないから。別れたつもりだって——」

「え……？」

「それじゃ、さよなら」

「待って……！」

言葉の最後の方は聞き取れなかったし、放たれた言葉の真意もわからなかった。

だから確かめようと思って背中に声をかけても、相良美優は足を止めることはなく、そのまま人混みの中へと吸い込まれていってしまう。

「別れたのは、修くんが嫌いになったからじゃないから」

相良美優の言葉がずっと脳にこびり付いている。
そのあと小さく呟《つぶや》いた言葉。
別れたつもりなんてないとでも言いたいのだろうか？
とはいえ、自然消滅というのは、センセから聞いている話と同じだ。
もちろん、この話をセンセにするつもりはなかった。
なぜなら、話したくはなかったからだ。

×　×　×

やってきた七月七日。
七夕の日であり、あたしの誕生日であり、センセと相良美優のデートの日。

外ではそれなりに強い雨が降っている。

デートには厳しい天候で、ざまあみろだ。

ちなみにだけど、センセから誕生日を祝うメッセージは、まだ届いていない。

担任なのだから、誕生日くらい、調べればわかるはずだろう。

きっと調べてないし、今日だと気付いてもない気がする。

絶対に明日、文句を言ってやる。

仲良くしてる女の子の誕生日くらいちゃんと覚えておけ、と。

「お前のご指導のおかげで、前のデート自体はいい感じでいけたわけだしな。次もちゃんとやれると思う」

なんてことを前、センセは図書室で言っていた。

私のおかげと言われるのは嬉《うれ》しい。

でも、こんなんじゃ彼女なんて出来るわけないって——そう思う。

(……って、何考えてるんだろ、あたし……)

なんだか自分がバカみたい。

ただ家にいても、センセのことが気になってしまう。

センセと相良美優とのデートは、いったいどうなるのだろう?

気にしても仕方ないとはいえ、どうにも気になってしまうので、雨だというのに、あたしは着替え、家から出て、都心に向かうことにした。

決してセンセ探しではない。

遊んで気晴らしをしようと考えたのだ。

そもそも今日はどこでデートをしているのかも知らなかった。

元カノとは自分一人でやればいいんじゃない？

あたしよりもセンセの方が相良美優のことを知ってるでしょと切り捨てたからだ。

センセだって、そのつもりだったに違いないし。

なので、デート中の二人など見つかるわけはない。

そんなことを考えながら、駅に向かって歩道橋の階段を上がっている途中のことだ。

（――痛っ……）

ズキリと　左の足首が痛んだ。

い、い、い、前にあの女のストーカーに回し蹴《げ》りを喰《く》らわせた時、軸にした足を少し捻ってしまっている。

そのせいで身体のバランスが崩れてしまったのだ。

「あっ――」

まずい。

そう思ったところで、視界に映ったのは灰色の空。

あたしの身体は、宙に浮いていた。

第六章　〉　幸せの青い鳥

06

「なんだ、あれが僕たちの探している青い鳥なんだ。
僕たちはずいぶん遠くまで探しに行ったけど、
ほんとうはいつもここにいたんだ。」
モーリス・メーテルリンク「青い鳥」

1

やってきた七月七日。
初夏とはいえ、まだ梅雨の真っ最中だけあって天気は雨。
とはいえ土砂降りではなくパラパラとした雨だ。
デートを中止するほどではないだろう。
それに今日、俺《おれ》には相良《さがら》さんとのデート以外にも用事があった。

約束の駅の改札外で相良さんと合流したのは午後四時。

デートのメインはディナーの予定なので少し早いのだけど、それは、その前にちょっと用事を片付けたいので付き合ってくれないかと、俺がお願いした結果だ。

その用事を終えたあとのこと。相良さんが予約してくれたディナーの時間までまだ少し時間があったので、俺たちはカフェで時間を潰《つぶ》すことになった。

目の前に座っている相良さんはぷくりと頬《ほお》を膨らませて、不満げな表情を浮かべている。

用事を済ませている時からずっとこうだ。

「ほんと、あの子のために私が使われたみたいじゃない」

「ごめん……。でも、こんなの相良さんにしか頼めないし、助けてもらったのもあるしさ」

「そもそもは、あの子がストーカーしていただけでしょ」

「それはそうなんだけど」

「ねえ、修くん。一つ訊《き》いていい？」

「え、なに？」

いきなりマジメな様子で問いかけてくるので、焦《あせ》ってしまった。

いったい、なんだというのだろう？

「もしかして修くん、私よりも、あの子の方が好きだったりする？」

「え……？」

相良さんが何を言っているのか、一瞬、理解出来なかった。

思考が凍り付いてしまったからだ。

「だから――」

とこほんと咳《せき》をして、少し恥ずかしそうにしながら、相良さんは続ける。

「彩世《あやせ》さん……だっけ？　私とあの子、どっちの方が好きかって訊いてるの」

「な、何言ってるんだよ。彩世さんは生徒で、そういう対象じゃ……」

今日までに、相良さんとの再デートの妄想は何度かした。それだけに、どんな状況でも対応出来るとおもっていたが、そんなやり取りは想定外だ。

それだけに、俺は焦ってしまう。

「最初、私は若い子に人気のボディソープとか良いんじゃないって言ったのに、プレゼントは残るものがいいとか、相手に思いを残したい感じだったし。それって、深層心理的には束縛したいってことじゃない？」

「だから相良さん、本当に何を言って――」

「修くんに、その気はないってこと？　この前、駅で修くん別れたあと、あの子と話をしたんだけどね、あの子、間違いなく修くんのこと好きよ」

「――っ、その……なんで、そんなこと……」

「女の勘。わかるの。そういうの」

「いや、わかるとか、そういうのじゃなくてさ、彩世さんは生徒だっていうか、俺をからかって、利用してるだけっていうか……」

そう俺が答えると、相良さんは目を細めて、

「利用？　私に何か隠してる？」

「そ、そんなわけじゃないけど……」

「ふーん、まあ、別にいいけど。なら、聞き方をかえるね。卒業して、生徒じゃなくなったら？　あの子に告白されたら修くんは付き合う？」

「待ってくれよ。仮にとしても生徒とのそういう話は、教師としては厳禁っていうか――」

「あ、動揺した？　アリなんだ」

「だから、そういうんじゃなくて――なんでそんな話を」

俺が反論しようとすると、相良さんは大きくはぁあああっ……とため息を吐《つ》いて、

「昔から修くんって、そういうところあるよね。やっていいかなとか、出来るかなとか、そういうことばかり考えて。したいか、したくないかじゃないの？」

――したいか、したくないか。

言われてみれば、確かにその通りかもしれない。考えすぎたことよりも、そう捉《とら》えられたものの方が、上手《うま》くいけている気もする。

先生になりたい、とかだってそうだ。

でも、と思考が回転する中で、俺のスマホが震え出した。

電話の着信のようだ。

「出たら？」

「知らない番号だし……いいや。用事あったら、留守電に入るだろうし」

「いい心がけね」

にこり、と笑う。

その笑みは、少し彩世さんっぽいと思ってしまった。

80点、とか言い出しそうに思ってしまう。

デート中なんだから、電話になんて出なくていい。本当に大事な用事があるならば、留守電に入るだろうし、メッセージが飛んで来るでしょ、だとかなんとか言いそうだし。

「そうだ。修くんはさ、青い鳥、知ってる？」

「メーテルリンクの、チルチルとミチルのやつ？」

フランスの童話。

メーテルリンクというのは作家の名前だ。

「そうよ。幸せの青い鳥を探しに行くけど、身近にいたって話」

「もちろん知ってるけど……」

「私は知らないと思うんだけど」

いったい相良さんは、何を言っているのだろう?

そう俺が思ったところで、再び机の上でスマホがブルッと揺れた。

何かの通知なのだろうか。

それとも——と一応、スマホを確認する。

「留守電だ」

「本当に用事があるんじゃない? 出てみたら?」

とはいえ、いったい誰《だれ》なんだろう?

銀行とかのセールスなんかでも留守電にって——

そこでふと気付いたことがある。

番号の末尾が0110だ。

「この番号って、警察……?」

確かそのはずだ。

「えっ」

相良さんが驚きの声をあげる。

でも、いったいなんだろう?

例のストーカーの件だろうか?

だとしたら、俺ではなく相良さんにかかってくると思うけれど……。

「とりあえず、聞いてみる」

留守電を聞いてみる。

すると、彩世さんのことで話がある。

すぐにかけて欲しいとの連絡だった。

相手は俺たちの取り調べをした警察官だ。

その旨を相良さんに伝えたあと、

「ちょっとかけてみる」

言って、俺は警察に電話をかけた。

すぐにその警察官に取り次いでもらってわかったこと――

「え――」

それは相良さんが歩道橋の階段からの転落事故に遭い、意識不明の状態で病院に運ばれたという連絡だった。

事件の可能性もあると救急から警察に連絡があったが、今のところ事件性はなく、足を滑らせただけではないかというのが警察の考えのようだ。

ただ救急は家族などの連絡先などがわからなかったので、警察を通じて、俺に連絡がきたらしい。

「彩世さんは――彩世は大丈夫なんですか?」

それは警察にはわからないという。

ただ運ばれた病院は教えてもらった。

名前は知っている。

今いる場所から結構近いはずだ。

「わかりました。すぐに向かいます」

電話を切って、俺は相良さんに視線を向ける。

「あのさ……」

「彩世さんがどうかしたの？」

「歩道橋の階段から転落して、意識不明になったって」

「え……？」

「事件性はないみたいだけど、前、ストーカーの時に連絡先渡してただろ？　それで、連絡あったみたい」

言って、俺は立ち上がり、財布の中から二千円を出して、テーブルの上に置いた。

「これって……？」

「ここの支払い。今度はこっちからお詫びさせて。俺は病院、行かなきゃいけないから」

相良さんに背中を向けて、その場から立ち去ろうとしたところだった。

「待って！」

背筋がぞっとするほどの、恐ろしい叫びだった。

殺気すら感じるほどのものだ。

同時に腕に重みもかかる。

両腕で抱き抱えるような形で、相良さんが俺の腕を掴《つか》んでいた。

相良さんの柔らかなぬくもりが伝わってくる。

「……なんで？　どうして修くんが行かなきゃいけないの？　家族とか、保護者は別にだって――」

「彩世さん、家族との仲がよくないんだ。だから……」

「私がここに居て欲しいって言ったら？」

「それは……ごめん。出来ない」

「なんで？　生徒だから？　それとも――」

「ほんとごめん。予約は、俺がキャンセルしとく」

「……っ。私こそ、ごめん」

相良さんの腕から力が抜けて、垂れ下がっていく。

「お詫びは、今度させて」

そう言い残して、彩世さんの居るという病院に向けて走り出した。

2

「なにが生徒よ……」

唇を尖《とが》らせながら呟《つぶや》いたあとのこと。

私、相良美優《みゆ》は机に突っ伏しながら呟《つぶや》いた。

「ほんと、なにやってんだろ、私……」

自己嫌悪に陥《おちい》ってしまう。

最悪のタイミングだとしか言いようがない。

あの女がこんな時に事故にあって、修くんを取られてしまうだなんて。

(私たち、運命が重なってないのかな……)

あの日だってそうだ。

休みの日にデートしようと思って、日曜があいているか聞いた私への返事は、塾での模試があるから無理だということだった。

土曜日もそのための勉強をするのだという。

全《すべ》ては彼の教師になるという夢のため――その夢に近づくために、憧《あこが》れの教師と同じ高校に入るためにがんばっている修くん。

そんなところも好きだったけれど、寂《さび》しいのは、寂しくて――夢も目標もなく、ただ親に言われた通りに生きていただけの私。

目指す高校だって、今の学力で受かる範囲の女子高だ。

だからこそ、空っぽであることの焦りや、寂しさを埋めるために、遊んでいる友達の誘いに乗ってしまった。

一緒にカラオケにいったのが治安の悪い高校に通っている男子たちで、タバコを吸い出したのだ。それにのって吸う女子もいた。

それが店員にバレて、学校にも連絡された結果、私たちは叱責を受けることになった。

私はタバコを吸っていなかったので、大きな処罰はなかったのだけど、ビッチだと言われたり、悪い噂が広まることになったのは確かだ。

もちろん修くんの耳にもそれは届いただろう。

それでも私に何かを言うことはなく、それまでと同じように修くんは接してくれた。

でもそれが私にはどこかつらくて、私は愛されてないだとか逆に思ってしまって――結果、爆発《ばくはつ》してしまった。

「どうして何も聞いてくれないの⁉」

初めての、彼の前での爆発だったと思う。

「ごめん」

今回と同じような、その言葉。

それが修くんの答えで――

その日から、修くんが私に声をかけてくれることはなくなってしまった。

私たちの距離は自然と離れていき、そのまま卒業。

それから私は高校、大学と過ごしていったけれど、そこで、修くんのような、将来の夢や、目標のようなものを見つけることは出来なかった。

合コンして彼氏が出来ても長続きすることはなかったし、誰と付き合っても、ぽっかりと空いた私の心の隙間《すきま》は埋《うず》まらなかった。

それは、就職してからも変わらない。

修くんは夢を叶《かな》えたのだと人伝《ひとづて》に聞いた。

対して私は空っぽ。

夢を叶えた彼とは違う。

どんどん離れていく。

あの時もし違う未来を選択していたら。

修くんと同じ高校に行きたいと言って、私ががんばって勉強していたら。

親にお願いして、一緒の塾に通って、一緒に勉強していたとしたら、何か違う未来があったのだろうか？

そこまで私は、修くんのことが好きだったのだろうか。

それとも、ただの憧れだったのだろうか。
わからない。
今回だって同じだ。
同じように私は彼との差を感じて。
その上、彼の生徒にまで嫉妬《しっと》して。
大人の恋愛を仕掛けようとして。
少女ではなく、女の狡さを出そうとして。
張り合って。
結局、またすれ違って――
「あーあ。誰か呼んで、気晴らししようかな……」
言い訳をして、また私は逃げることにした。
昔と何も変わらない。
私と修くんは生きる世界が違う。
私と修くんは似合《マッチし》わない。
互いに好き同士でも、一つになれることはない。
そんな風に言い訳をして。
(でも、きっと、あの子もそう)

修くんとは生きる世界が違う。
その恋が叶うわけがない。
私だって、きっと叶わないのだから――
「でも、先に諦《あきら》めるの、なんか腹立つな」
私の方が、あの女よりも修くんとは先に会っているのに。
私の方が、あの女よりも修くんのこと知っているのに。
(素直じゃないのは、私も同じ……あの頃から、変わってないのも同じだ)
大人になんて、なれていない。
私は、どうするべきだった？
修くんに、どうして欲しかった？
「あーダメダメ、やっぱ、今日は一人でお酒飲も……」
それでストレス解消しよう。
頭の中を空っぽにして。
決めて、そうすることにした。

3

病院に着いて受け付けで保護者であることを伝えると、すでに警察から俺が来ることは伝わっていたようで、病室を教えてくれた。

エレベーターに駆け込み、彩世さんの病室のある階へと向かう。

病室の番号は402号。

外からは個室のように見えるその部屋の扉を叩《たた》こうとすると、中から声が聞こえてくる。

「レナちがきてくれて、ほんと助かった。何も持ってないようなもんだし。いろいろ買ってきてもらえて」

「でも、あーしだけじゃやれること、限界あるよ。未成年だし、手続きなんてなんもできないし。センセ、呼べばよかったのに」

「だから、それはママの会社の人に頼んだからもう大丈夫だって。それにセンセは、今、元カノとデート中のはずなんだけど……って……」

「彩世さん！」

「えっ、センセ⁉　なんで⁉」

俺が病室の扉を開くと、その声と共に目に飛び込んできたのは、背もたれを立てている医療用ベッドの上で服を脱ぎ、背中を宇崎《うざき》さんに拭かれている彩世さんの姿だった。

ただ、頭には絆創膏が貼られているし、腕や足には包帯が巻かれている。

「え、あ……その、警察から意識不明って連絡あって……でも、二人の声が聞こえたから、目覚めててよかったなって……」

カァアアアッと、彩世さんは顔を真っ赤《まか》に染めて、

「バカ！　センセ、出てって！　恥ずかしいから！」

「いてっ！」

手元にあったティッシュペーパーの箱を投げ付けられてしまう。

「いいじゃん、今更減るもんでもないでしょ？」

けらけらと笑いながら言ったのは宇崎さんだ。

だが彩世さんはそれに乗ることなく、

「ノックしないとかありえない！　早く出てってってってば！」

「悪い！」

再びそう言われて、俺は病室の外に飛び出すことになった。

「レナち！　はやく服！　あと、櫛も貸して――」

そこで扉は閉まり切って、声も聞こえなくなった。

（まったく……）

病室にいたのはいつも通りの彩世さんだ。

ほっとして、全身から力が抜けていく。

（意識不明ってきいてたけど、目覚めてたのか）

どうやら俺は心配しすぎていたようだ。廊下の壁に預けていた背中がそのままずり落ちて、尻餅《しりもち》をついてしまいそうになっていた。

しばらくすると扉が開いて、宇崎さんが出てきた。

「センセー、さっきはゴメン。もう中に入って大丈夫だから」

「本当だろうな？」

「ほんとほんと、ってことで、ささっ」

背中を押されるようにして俺は病室に足を踏み入れた。それで医療用ベッドの背もたれに身体を預けている、彩世さんの姿を見ることが出来た。

まだ頬が微《かす》かに赤く染まったままの、黒髪ロングの彩世さん。

ベッドの側に近づく俺をキッと睨《にら》み付《つ》けて、

「……なんで来たの」

瞼《まぶた》の上には、涙の粒も浮かんでいる。

「だから、警察から連絡があったんだよ。意識不明なんて言われたら、来るに決まってるだろ」

「でも、すぐに目覚めたし……」

「誰かに押されたりしたわけじゃないんだよな?」

「うん、自分で滑っただけ。元々、足痛んじゃってたし」

「それって、前の……」

ストーカー事件の時、彩世さんが怪我《けが》していることを俺は知っていた。学校で足を引きずっている様子があったので、そこで訊《たず》ねていたからだ。今度は彩世さんが訊ねてくる。

「あの女と、デート中だったんでしょ……?」

「そうだったけど、意識不明なんて言われたら、来るしかないだろ。あの時の怪我のせいもあるっていうなら、相良さんだってわかってくれるだろうしさ——って、そうだ」

相良さんの話を出したところで思い出した。

「今日渡せるとは思ってなかったけど、これ」

俺が鞄《かばん》の中から取り出し、差し出した袋を見た彩世さんは、目をぱちくりとさせた。女子高生に人気のブランドの袋だから、きっと驚いたのだろう。

受け取って、彩世さんが訊ねてくる。

「なに、これ? どういうこと……?」

「今日がお前の誕生日だろ。いつも世話になってるから、プレゼント買ってきたんだ」

「なんで……? センセ、知らないと思ってたのに……」

「知らないわけないだろ。担任なんだぞ」

と言ったところで、ついでにひと言。

「あー、担任だからこそ、こうして一人の生徒にプレゼントするのはよくないんだが、あくまでこれはTWINS《ツインズ》で出会った、さくらんさんに向けてってことで。宇崎さんも、それでお願いいな」

「もち、了解で☆」

頷《うなず》いてくれる宇崎さん。

本当にいい子だ。

続けて、

「あ、ありがと……」

と言いながら彩世さんは受け取った袋の中から、プレゼント用に包装された箱を取り出した。

「開けていい？」

もちろんと俺が頷くと、彩世さんは包装紙を綺麗《きれい》に開けていく。

ブランド名だけが書かれた白い箱。

「これ……」

開くと、中に入っていたのはチョーカーだ。

見るなりに彩世さんの瞳《ひとみ》の端に涙が浮かび上がる。

もちろん嬉《うれ》し泣《な》きであることはわかっているけれど……。

怪我をして、メンタルが弱っているのかもしれない。

そんな時は涙脆《なみだもろ》くなってしまうと聞いたことがある。

「彩世さん、大丈夫、大丈夫？」

「ぐす、大丈夫。これ、今、流行りのやつじゃん。なんでセンセ、そんなこと知って……」

「自分では何買えばいいのかわからないから、今日、相良さんに相談したんだ。彩世さんに助けてもらったのもあるし、相談するなら、乗ってくれるかなって」

「……っ……む～っ……あの女に訊くとかバカじゃん！」

「そ、そう言われても、アイツ以外に頼れる相手がいなかったし……でもさ、いろんな種類もあって。選んだのも俺だしさ……なんかほら、お前の誕生日の七夕っぽいだろ」

黒をベースに、キラキラといくつもの星が輝いているようなデザイン。

誕生日である今日という日に——そして、彩世さんに相応《ふさわ》しいと思って選んだものだ。

「だとしても、そんな話ししなくてもいいし……それに、なんか安直すぎ。ほんとセンセ、バカすぎだよ」

「それ、相良さんにも言われた」

「——っ。だから、あたしをあの女と一緒にしないで！　あと……」

涙を散らしながらキッと俺を睨み付ける彩世さん。

かと思えば、その顔が接近してきて……。

ちゅっ、と頰に柔らかなものが触れた。

「……ありがと、センセ」

キスをしたあと、彩世さんは一瞬、照れたように視線を外した。

でもすぐに俺の方を見て、

「嬉しいのは、やっぱ嬉しい♡」

向けられたのは、少し前に見せた表情とは違って、とびきりの笑顔だ。

それは屈託《くったく》のない子供の笑顔ではなく、ドキッとするくらいに大人びた、とても魅力的な笑顔で――

「ただ……」と、一転、彩世さんはぷくりと頰を膨らませる。「やっぱり、あの女と一緒に選んだものだと思うとムカつくかも。とりあえず、今日の授業。今はネットもあるんだから、年頃の女の子がどんなものが好きかって、いくらでも調べることが出来るでしょ？　だからプレゼントは別の女の意見で選ぶのではなく、自分で考えて選ぶこと！　いい？」

他にも、誕生日の後に渡そうとしていたのもどうかと思うと言われてしまった。渡すのなら、せめて前だ――と。

どうやら俺への彩世さんからのご指導は、まだまだ続くようだ。

（まあ、当たり前っていえば、当たり前か……）

なにせ俺に彼女は、まだ出来ていないのだから――

そんな俺たちのやり取りを見て、宇崎さんは呆《あき》れたように笑っていた。

「入院のお見舞いにきて、あーし、何を見せられてんの？　っていうか、さくっち、センセにつけてもらったら」

「えっ……？」

声をあげたのは彩世さんだが、困惑しているのは俺の方も同じだ。

チョーカーなんて自分でつけたことはないし、他人につけることは出来るのだろうか？

「それじゃ、よろしく」

渡されて、ベッドの上で背中を向ける彩世さん。

綺麗な頸を見て、ごくりと唾を嚥下《えんげ》する。

「こう、かな……」

俺が付け終えると、ベッドの上で反転させて、

「どう？　似合ってる？」

「……ん、ああ。可愛《かわい》いんじゃないか？　似合ってると思うぞ」

俺がそう答えると、

「その回答は百点……おめでと、初めて満点あげるから」

そう言って彩世さんは、俺にとびきりの笑顔を向けたのだった。

「それでさ、センセ。ううん、修吾」

驚いてしまった。
髪を弄《いじ》りながら、照れた様子で声をかけてきたものだから、驚いてしまった。

「だって今は生徒じゃないって言ったじゃん！　だから、あたしのことも咲来《さくら》って名前で呼んで。そんで、誕生日おめでとうって言って。それで、あの女にプレゼントのこと聞いたの、チャラにしてあげる」

「——ったく、しょうがないな」

それくらいでチャラになるなら、それでいいだろう。
これも誕生日プレゼントだと思って、

「ええと、咲来……さん……誕生日おめでとう」

俺がそう言うと、

「………」

彩世さんはとてもうんざりしたような表情をして、半眼で俺を睨み付けていた。

「なんだよ、せっかく言ってやったのにその反応は！」

「そこは、咲来って呼び捨てでしょ！　彼女みたいに、もう一回！」

「ええ……」

女性の名前を敬称なしで呼ぶだなんて、相良さんにすらしたことがなかった。
それだけに、めちゃくちゃ緊張してしまう。

「わ、わかった」

でも誕生日記念だし。

これも今後のことを考えたらいい経験になるだろう。

緊張の中、思い切って俺は声を出した。

「咲来、誕生日おめでとう」

すると彩世さんはじわっと、目に涙を浮かび上がらせて、

「ありがと、センセ。ううん、修――」

そこでいきなり、病室の扉が開いた。

4

「え……？」

病室の扉が開くと同時に、驚きの声をあげたのは彩世さんだ。

同時に俺も驚きの声をあげて――凍り付いてしまう。

それは病室に入ってきた二人の女性のうちの一人、いかにも芸能人といったオーラを放っている女性に見覚えがあったからだ。

サングラスをかけていてもわかる。

加賀美友梨《かがみゆり》。

平成時代に一世を風靡《ふうび》したアイドルであり、今は大女優。

もう一人の女性はマネージャーなのだろうか？

呆然《ぼうぜん》としている俺の前に加賀美友梨は立って、

「あなたは？」と訊ねてくる。

「え、その……俺は月島高校の教師、彩世さんの担任で……」

まるでドラマの一シーンのようだ。俺が加賀美友梨の芸能人オーラに気圧《けお》されながら、しどろもどろになっている中で、

「センセと話しないで！」

俺の背後で彩世さんが叫んだ。

ベッドから下りて、俺と、加賀美友梨の元に近づいてくる。

足が悪い状態なのに大丈夫なのかと思ったのだが、やはり、だめだったようだ。

ふらつき、そのまま膝《ひざ》から床に崩れ落ちていって、

「彩世さんっ！」

「さくっち！」

俺が支え、宇崎さんも駆け寄ってくる。

「大丈夫か？　立てるか？」

倒れた彩世さんを立たせようとするが――無理だった。それでも地面に膝を突いたまま、彩世さんは震えながら、加賀美友梨を睨み付けて続ける。

「なんできたの？　こんな時だけ、あたしのとこにこなくていいから！　出てってよ、マ、マ！」

「……わかったわ」

ただそれだけを言い残して、病室から出ていく大女優。

振り返り、立ち去る姿も様になっている。

（というか、ママって……）

理解が一瞬、及ばなかった。

加賀美友梨は彩世さんの母親――ということなのだろうか？

「お嬢様、すみません。私が手続きをしようとしたのですが、撮影場所の近くにこの病院があったので、私が行くと言ってきかなくて――」

「もういいから。鏑木《かぶらぎ》さんも出てって……」

「申し訳ありません。これ、ケーキです。お誕生日ですし、と。ちょうど三つありますし、みなさんで食べてください」

そう言い残して、鏑木さんと呼ばれた女性も病室から出ていった。

少しの間の沈黙。

それを切り裂いたのは、彩世さんの言葉だ。

「ごめん、センセ。それにレナちも」

「いや、謝る必要は……っていうか、お前……」

「……説明、しなきゃダメ？」

「いや、まあ……ある程度、想像ついてるけどな」

彩世さんにそう言ったあと、俺は宇崎さんに視線を向けて、

「宇崎さんは知ってたのか？」

こくりと、頷く宇崎さん。

続けて、彩世さんが言った。

「最初は隠してたんだけど、二人でいる時にマスコミに声かけられてバレちゃったの。でもレナちは、何も変わらずに付き合ってくれたし」

語る彩世さんの横顔をじっと見ると、確かに加賀美友梨の面影がある。

同時に加賀美友梨のニュースをやっている時、彩世さんはテレビを消したことがあったことも思い出した。見るのが嫌《いや》、もしくは自分と似ていることに気付かれるのが嫌だったのかもしれない。

「どうして加賀美友梨のこと隠してたのかは、言わなくてもわかるよね？」

「それは……わかるけど」

加賀美友梨は毀誉褒貶《きよほうへん》激しい女性だ。

ネガティブな話題にも事欠かない。

「小さな頃は、ずっとマスコミに追われてたから。あの女の子供だって気付かれないようにしようって、ずっとがんばってた」

目を伏せながら、語る彩世さん。

その語り口から、嫌な目にもかなりあっただろうことはわかる。俺だって加賀美友梨の娘についての話題を、テレビや週刊誌で見たことがあるくらいだ。

(あれがまさか、彩世さんだったなんて……)

彩世さんがコロコロと姿を変えているのも、マスコミに対する目眩《めくら》ましみたいなものなのかもしれない。今の姿はともかく、学校での彩世さんの姿は、加賀美友梨に結びつくことはないはずだ。高そうなお店でも一人で入れたり、物怖じしなかったりすることだって、加賀美友梨の娘なら理解出来る。

どこか演技派なところも、悪女的なところも……というのは、とりあえずおいておこう。

放任主義で、彩世さんにはかなりお金を与えてそうなことだって、ある意味では理解できた。

どんな親なのかとは思っていたが、実のところ彩世さんは、俺のこれまでの生徒では一番ともいえるくらいの、上級国民の娘だったのである。

ともかく今、全てが繋《つな》がった気がした。

「それより、さくっち。それ、食べていい？　お腹《なか》減ってるんだけど」

重い空気を振り払おうとしてくれたのか、宇崎さんは加賀美友梨が持ってきたケーキに視線を向ける。

「好きにしたら」

「ありあり。ってことで――」

とケーキの箱を開く。

「あ、苺のショートじゃん。これ！　しかも、これ、有名店のじゃない？」

「え……」

確かに中には苺のショートケーキが三つ。

本当は加賀美友梨とマネージャーらしき女性である鏑木さんと彩世さんのぶんだけど――

「センセも……さくっちも、もちろん一緒に食べるよね？」

「………食べる」

少しの沈黙のあと、答える彩世さん。

マスコミのせいで、子供のことなど気にしない、自由奔放な親というイメージもあるし、彩世さんの言い分も似たようなものだった。

でも、意識不明の娘の誕生日に、好きなケーキを買ってくるだなんて――

（いい親じゃないか）

二人の関係の深いところまではわからない。

でも――

「センセ、美味《おい》しい？」

「ああ、もちろん美味《うま》いけど」

俺も知ってるくらいの有名店のものだ。

美味くないわけがない。

「これ、子供の頃、好きだったの。でも、もう子供じゃないし、今はもっと好きなのあるってママにも言ってるのに……よく買ってきて、嫌いになりかけてたけど――」

少し沈黙したあと、涙を流しながら彩世さんは続ける。

「センセと一緒に食べるなら、やっぱ、めちゃくちゃ美味しいかも」

その瞳には、涙の粒を見ることができた。

×　×　×

三人でケーキを食べ終えたあと、面会時間も終了ということで、俺は宇崎さんと一緒に病院から出ることになった。

警察との話や、入院手続きは、全て加賀美友梨のマネージャーがやってくれていたので、俺にやることはなかった。

それから帰路につくため、宇崎さんと二人で駅に向かっている途中のことだ。

「ねえ、センセー」

と宇崎さんが声をかけてくる。

「さくっちと、これまでと同じように接してあげてね」

「え……？」

いきなりなんだと思う俺に、頭を下げながら、目の前でぱんっと両手を重ねて、宇崎さんは続ける。

「大人嫌いだったさくっちがセンセーに懐《なつ》いてるの、本当にすごいことだと思うから――ほんと、お願いっ！」

そういうことかと俺は納得して、

「……わかってるよ」

きっと加賀美友梨の娘ということで、本当にいろんなことがあったんだろう。それを宇崎さんは側で見てきたのだ。

「大女優の娘だってなんだって、俺の生徒なんだからな」

それにしても――

「彩世さんも、いい友達をもったな」

「えへへ、そうでしょ？　だから、あーしから一つ忠告」

俺が褒めると、宇崎さんは嬉しそうに微笑んで、

「さっきの言葉、さくっちには言わない方がいいよ」

「?」

宇崎さんのその言葉の意味が、この時の俺には、よくわかってはいなかった。

×　×　×

（とはいえ……正直、かなりびっくりしたな……）

まさか彩世さんの母親が、加賀美友梨だなんて――

加賀美はあくまで旧姓。

今の姓は彩世友梨なんて、そんなことは知るはずもない。

進級時の申し添えにも書かれていなかったし、今、ネットで確認して、加賀美友梨の旧姓のことを知ったくらいだ。

加賀美友梨の最初の夫は早世しているので、彩世さんから聞いた母子家庭という話とも一致している。母親の仕事が忙しいというのも、人気女優なのだからそりゃそうだろう。

男を連れ込むのだって――

（でも、悪い母親には思えなかったな……）

それにケーキを食べている時の彩世さんの言葉や涙や、この状況を鑑みて思うことがあった。

彩世さんが年上の俺に、父親や、母親を重ねているのかもしれないということだ。

つまり先生ではなく、求めているのは親というわけで——

もっと母親とコミュニケーションをとって、甘えたいのかもしれない。

でも、相手は人気女優。

そう簡単ではないだろう。

「今の言葉、さくっちには言わない方がいいよ」

病院からの帰り道、宇崎さんが言いたかったことは、そういうことなのだろうか。

先生としてではなくて、親として——

(……だとしたら、俺はなれるのか？　彩世さんの望む、親代わりに……)

ともかく今日はもう寝たい……と思ったところで、スマホが音を立てた。

マッチングアプリの師匠、袴田《はかまだ》からのメッセージだ。

ヤナこと青柳も交えた、次の飲み会の日程を調整するものである。

出来ることならそれまでに彼女をつくって誇りたかったのだが、今のところ前途は暗い。

(なによりまずは相良さんと、もう一度、デートのやりなおしを……)

果たして相良さんは、それを受けてくれるのだろうか？

今はもう何も考えたくないというか、脳が思考を拒絶する。

きっと精神的にも、疲れ切ってしまっているのだろう。

最後の力を振り絞って、相良さんには軽い報告と、謝罪をすることにした。そして、お詫びをしたいということも書き添えたところで限界がやってきた。

メッセージの返信を待つことも出来ず、ドタンとベッドに倒れて瞼を閉じて——一瞬のうちに、眠りの淵へと落ちていった。

エピローグ　Epilogue

リーンゴーン、リーンゴーン……


鐘の音が響く教会に俺《おれ》は居た。

隣に立つのは一人の女性。

今日俺と結婚式を挙げる相手だ。

そもそもといえば、袴田《はかまだ》からマッチングアプリを勧められたのが始まりだった。あれから俺の人生は、運命は、動き出したといっても過言ではない。

長い長い婚活という旅路のゴールが、ついに訪れようとしていた。

隣に立つ女性。

純白のウエディングドレス姿の妻に俺は声をかける。

「行こうか」

彼女は頷《うなず》いて、

トゥルルルルルル……

トゥルウルルルル……

かかって来た電話で目を覚ました俺は、隣に立つ女性の顔を見ることが出来なかったどころか、その夢の記憶さえ、一瞬のうちに忘れていってしまっていて――

×　×　×

彩世《あやせ》さんの誕生日プレゼントを選ぶのに付き合ってもらった上に、彩世さんが転落事故に遭ってしまうというトラブルが起きてしまい、デートを途中で中止してしまった。

だから帰宅してからというもの、その場で一度したとはいえ、すぐさま心からの謝罪と、そのおわびをしたいとの旨を書いて相良《さがら》さんにマッチングアプリを通じてメッセージを送信。

(そういや相良さんとＬＩＮＥ、まだ交換してなかったんだよな……)

しかし、メッセージはすぐに帰ってこなかった。

それでも翌日、起きた時にはメッセージは届いていて、

ちょっとだけ、時間置かせてくれる？

考える時間が欲しいから。


その内容を見て、俺は思う。

（これってつまり、断られてるってことだよな？）

マンガで知っている。いわゆる冷却期間――カップルが別れる時に送られるような、察しろというメッセージに違いないだろう。

でも、俺の知らない他の意図がある、とも限らない……のだろうか？

わからない。


わかった。連絡待ってる。


その返答で合っているのかどうかもわからない。

でも、ただそれしか返信できなくて――

それから一週間が過ぎ、音沙汰がない中で訪れた週末の土曜日。

俺は自宅で、無事退院して数日がすぎた彩世さんに、相良さんとのことを相談していた。

ちなみに彩世さんは今のところ、事故の後遺症はないようだ。検査結果にも問題がないとのことで、一昨日から学校にも通うようになっている。

そして彩世さんは今朝《けさ》約束もないのに、用があると俺の家にやってきた――というより、いきなり家の前から電話をしてきた。

まだ眠っていた俺は、それで起こされて――なにか夢を見てた気がするのだけど、『今、家の前にいる』というその電話で打ち切られてしまった。夢の内容はよく覚えていない。

それから俺が相良さんのことを相談して、今に至るというわけだ。

ソファーに腰掛けている彩世さんは、まだ片足に包帯のついた足を組みかえるようにして、俺を見下すようにして答える。

「そりゃ、デート中に別の女へのプレゼントとか、デートを抜け出して別の女のところに行くなんて言語道断。相手にされなくなって当たり前どころか、ブロックされても当然じゃない？」

「でもブロックされてないし。それにプレゼントはともかく、あとの方は彩世さんのせいじゃ……」

「なに、センセ。あたしが悪いっていうの？　そもそもあたしが怪我《けが》をしたのは――」

「わかってるし、そんなことは言ってないだろ」

「でも、これでセンセも過去に諦《あきら》めつくんじゃない？　実質グッバイ宣言みたいなもんだし、それ」

言って、ソファーから立ち上がる彩世さん。かと思えば、俺の背後に回り、後ろから絡《から》み

つくように抱きついてきて、

「あの女なら、私でよくない？　ね、修くん♡」

「お前、その言い方……」

「言い方、すっごく似てたでしょ？　雰囲気も。それに、あたしの方が若いし新品だよ？　あの中古よりもいいじゃん。過去よりも未来に期待しようよ、未来に！　希望の未来へレディーゴー！」

「なんだよ、そのノリは。というか中古って、勝手に決めつけて……」

「あ〜、センセ顔を赤くなってる〜。っていうか、あの年で、中古じゃない方がおかしいじゃない。マッチングアプリもやりこんでそうだし、そんなのセンセもわかってるくせに。もしかして、まだ俺のためにとっといてくれてるとか思ってる？　センセとは違うって」

「だから、そういうのやめろって！」

叫び、彩世さんを振り払って向かい合った。

「そもそも、なんで家に来たんだよ。何か用があるとか言ってたけど」

「プレゼントのお礼、しにきたんだって」

彩世さんは俺がプレゼントしたキラキラしたチョーカーを、指で撫でるようにしてアピールした。ずいぶんとお気に入りのようで、学校以外ではずっとつけているようだ。

プレゼントしたものが無駄にならなかったのは嬉《うれ》しいけれど——なんだか、ちょっと恥ずかしい。それは相良さんが言っていたことを思い出してしまったからだ。

——それって、深層心理的には束縛したいってことじゃない？

確かに言われてみれば首輪のようだし、なんてものをプレゼントしたんだろうと、恥ずかしくもなってしまう。

「そんじゃ、センセ。美味《おい》しいご飯、つくったげる♡」

「それは、ありがたいのはありがたいけど……」

「あ、そうそう。あと、今日泊まるから。ママの男が家に来るから」

「えっ」

その時、脳裏を過《よぎ》ったのは、病院で出会った彩世さんの母親——俺が芸能人オーラで気圧《けお》されてしまった大女優・加賀美友梨《かがみゆり》の姿だ。

「——っていうか、そういや何か言ってたか？　俺のこと……」

「別に。あれから話してないし。あと、期待しても無駄だから。センセみたいなタイプ、ママは興味ないと思うし」

「そういうことを聞いてるんじゃなくてさ！」

そもそも未亡人に子持ちは重い。

しかも、生徒の親である。

周囲ではヤナことめぞん青柳《あおやぎ》の専門だとしかいいようがない。

「で、泊まっていいよね？」

「ダメっていっても、泊まるんだろ？」

「も・ち♡」

まったくと俺は片手で頭をかいた。

「そういうのは先に言えっていってるだろ」

「どうせ用事ないんでしょ？　それに、まあもう元カノとは無理っぽいし、まだまだマッチングアプリでの彼女探しは続くわけで、もちろん、ご指導もさせてもらうから！　デートとか、その先で上手《うま》くいくように、いろいろとオンナのことも、教えてあ・げ・る♡」

再び俺の首に両腕を絡めるようにして、背中にくっついてくる彩世さん。

「ほら、もうすぐ夏休みだし、いろいろご指導出来る時間も増えそうだしさ」

確かにそれはそうなのだけど——

「いいから、離れろって……」

さっきもそうだったが、女であることを主張する二つの膨らみが背中に当たってるのが、どうしても気になってしまう。

前にこれを味わったのはそれこそ、彩世さんのところに駆けつける時の、相良さんのもので——

「や・だ♡」

「可愛《かわい》く言えば許されると思ってるだろ」

「女の身体に慣れる練習も必要でしょ？　ほらほらほら～」

うりうりと身体を押し付けてくる彩世さん。

（うう……）

その柔からさと凹凸は、男の衝動をくすぐるものだった。

こんなのもう、耐えられない。

「やめろって！　離れないと――」

「離れないと？」

「こうしてやる」

「えっ⁉」

顔を真っ赤《まか》に染めて驚きの表情を見せている彩世さんを、俺は見下ろすことになった。なぜなら彩世さんの身体を、力任せに床へと押し倒したからだ。

「センセ、ついにオスとしての本能に目覚めて……」

「そうだよ――だから、こうだっ！」

と、俺は彩世さんの脇腹《わきばら》を両手でこちょこちょとくすぐり始める。当然の如《ごと》く、彩世さんは目に涙を浮かべ、身を捩《よじ》りながら笑い出した。

「ちょっ、ダメだってセンセ！　それ、気持ちよすぎ。あははっ、もしかしてセンセって、そういう性癖？　それ、ダメすぎない？　あはっ、はははははっ！」

笑い声をあげてジタバタする彩世さん。

「くすぐるのだって、体罰だからっ！　ほんと……んっ、ダメだって、感じちゃうから、あっ……ほんと、あははっ、ヤバ、これ……ああんっ……♡」

「おい、お前。エッチな声出すなって！」

「もしかしてセンセ、興奮してる？　だったらもっと――って、きゃははっ！　わかった、しないから！　もう離れるから、あはははっ！」

そう言うならと俺がくすぐりをやめると、

「なんて、嘘《うそ》！」

「えっ⁉」

「ほれほれほれ」

いきなりのことに、逆にマウントを取られてしまった。

今度は彩世さんが俺の身体をくすぐる形になっている。

「ちょっと待て、やめろ！　はははっ！」

「なんだ、センセも弱いじゃない」

「そ、それもそうなんだか……」

身体のいろんなところが俺の体に当たってる。

そのせいでいろいろとヤバい。

（でも、どう言ったらいいものか……）

悩んでいると、どうやら自分で彩世さんは気付いたようだ。

「あ、センセ。やっぱりえっちなこと考えてた？　だったら女の身体、もっと味わう？　うりうりうり〜」

今度は胸を擦《なす》り付《つ》けてくる。

冗談でも、これはいろいろと本当に厳しい。

「もういい！　十分わかったから！　離れてくれ！」

「ダメ。それなら病院の時みたいに、咲来って名前でお願いして。してくれないとキスマークとか首元につけちゃうから。マッチングアプリでマッチしても、デートしづらくなっちゃうかもだよ？」

「なっ……」

それは困る。

というか、この状況を早くなんとかしたい。

だから俺は叫んだ。

「お願い、離れてくれ咲来《さくら》ッ！」

「──っ!!」

一瞬、顔を真っ赤に染めた彩世さん。

照れた様子で、

「そ、それでよし」

と言って、やっと離れてくれた。

「……センセ、そんなにキスマークやだったの？　首筋なんて、それこそ脱がなきゃそう目立たないのに」

視線を逸らしながらそう言ったあとのこと、

「あっ、もしかしてエッチまでいきそうになってる相手が、こっそりいるとか……もしくは、あの女とのことで、あたしに嘘ついてるとか⁉」

言って、かぶりついてきた彩世さん。

「ついてないっての！」

「ふ〜ん、ならいいけど……で、どう？　彼氏と彼女の感じ、勉強になった？」

「今の、そういうものなのか？」

「そういうものじゃない？」

確かにそう言われると、そうかもしれない。

兄妹って感じもあるけど。

それはさすがにキスマークまではつけないだろう。

「ま、あたしも男の身体って、思ってたよりも結構硬いんだとか思ったし。センセは柔らかさ、堪能した？」

「あのな……」

挑発するような笑みを向けられて、真っ赤になったところだった。

ピンポーンと、家のチャイムが鳴り響く。

「あっ、通販か何かかしら？　はいはーい、あたし出るね」

「ちょっ……待てって！」

「いいからいいから。これもまた、彼女らしいんじゃない？」

「いや、そういうプレーやってるわけじゃないだろうが」

インターフォンに出ることもなく、玄関へと向かっていく彩世さん。

「どちら様ですか～と……え？」

「え……？」

聞こえた男の声。

彩世さんが扉を開けた直後、俺の目に映ったのは、ぽかんとした表情で目を丸くしている加藤《かとう》先生の姿で――

「あ、ええと……ここ、木崎《きざき》先生の……家、ですよね？」

そこまで言ったところで、彩世さんの背後で床に座っている俺と目が合った。

「あ、木崎先生っ。実家から美味《うま》い夏ミカンが届いたんで、お裾分《すそわ》けにと持って来たんですが……えーっと、その、ですね……私は、加藤と申しまして、木崎先生の同僚で……」

加藤先生の顔は真っ赤に染まっていて、彩世さんと目をちゃんと合わせられないようだ。

さっきまで俺がくすぐっていたことで、彩世さんが着崩れをしているせいだろう。

朝から二人、エッチなことをしていたのではないかと、誤解されても仕方ない状態だ。

童貞には刺激が強すぎるのかもしれない。

(っていうか、どうしよう？　どうすればいい？)

俺が混乱する中でのことだ。

「み、みかんどうぞ！　すみませんでした、邪魔をしてしまって！」

夏ミカンの入った袋を彩世さんに押し付けるようにして、加藤先生はその場からダッシュで撤退。絶対に誤解されてるし、このままではいろいろまずい気がする。

酔っ払った時に余計なことだって喋《しゃべ》られそうだ。

俺は慌てて立ち上がり、加藤先生を追って走り出そうとした。

「待ってください、加藤先生！　明らかに誤解で……！」

すると、俺の背中に彩世さんは抱きついてきて、

「え、何が誤解なの？　あたしと修吾は恋人同士で——」

「おい、呼び捨てはよせって！」

「……む～、もうっ……！」

唇を尖《とが》らせる彩世さんを振り払うようにして加藤先生を追い掛けた俺は、誤魔化《ごまか》すために嘘の事情を並べることになった。

不幸中の幸いというべきか、ちゃんと顔を見られていなかったのだから、ある意味当然というべきか。

学校の姿とはまったく違うし、そりゃ一致するわけないなと思うが、加藤先生はその場にいた女性が、彩世さんだと気付いていなかった。

なので悪いとは思いつつも、従姉妹と言うことで説得。

驚きながらも、加藤先生は信じてくれた。素直な人だけあって、人を疑うことはしないのは、加藤先生のいいところだと思う。

（ま、ちゃんと俺には従姉妹がいるし、問題もないと思うけど……）

一応、この話は宇崎《うざき》さんにもしておいたほうがいいかもしれない。

宇崎さんと今のような姿の彩世さんが一緒にいる時に加藤先生と遭遇したら、何かしら問題が起きそうな気もするからだ。

もちろん彩世さんにも、ちゃんと伝えておかないと。

「でも木崎先生、従兄妹同士でもその、結婚とかは出来ますよね？」

「そういうんじゃないんで！」

はぁ……なんにしろ、面倒なことになったと大きなため息をつきながら家に戻ると、彩世さんはみかんを食べていた。

加藤先生が持ってきたものだ。

「センセ、これ、めちゃくちゃ美味しい！」

「こっちは大変だったってのに、和《なご》みすぎだろ……」

それから俺は加藤先生が彩世さんのことを彩世さんと気付いていなかったこと。従姉妹と誤魔化したことを伝えていった。

「えー、従姉妹？　でもそのポジション、レナちと加藤先生のこと、上手くくっつけるのに、何か使う手立てがあるかも……」

「悪知恵ばかり働かせるなっての」

やれやれと今度は小さなため息をついた。

「まあ宇崎さんには俺もお世話になってるわけだし、上手くいって欲しいけどさ。ヘンなことや、無茶なことはするなよ。加藤先生が退職に追い込まれるようなこともな」

「わかってる、わかってるって」

本当にわかっているのだろうか。

彩世さんが笑顔で答えたあとのこと。

「それにしても、このみかん美味し〜。先生も一房食べる？　ほら、あーんして、あーん♡」

目の前にみかんをぶらさげてくる彩世さん。

確かに瑞々しくて美味しそう。

（というか、胸元《むなもと》が気になって仕方ないんだけど……）

見えそうで見えない、露出の多い服の胸元で主張している二つの瑞々しい果実だって気になってしまうわけで——

視線を逸らすようにしながらも、俺はぱくりとみかんに食いついた。

もぐもぐ。

「確かに美味いな」

「じゃあ、もう一つ」

今度は口にくわえて差し出してくる。

まるで「キスして」というポーズみたいだ。

それを見て、どくんと、心臓が高鳴った。

「お前、何を考えて……」

「はにって……ほういうの、恋人同士ならすることでしょ？　ホレーニングトホレーニング♪」

みかんをくわえたまま言うものだから、ちゃんとした日本語になっていない。

それでも意味はわかるけど。

「何考えてるんだよ、ほんと……」

「ほら、はよ。んーっ♡」

「――ったく」

ああもう、と頭をかいたあと。

じっと彩世さんを見つめると、

(えっ、マジ……⁉)

みたいな表情を見せる。

そんな風に焦《あせ》るなら、こんなことしなきゃいいのに。

なんて、そんなこと思いながら俺は指を伸ばして――

「ほれ」

と口の中にみかんを押し込んだ。

「なっ……⁉」

はっと目を丸くしたあとのこと。

彩世さんはゴクリとみかんを呑《の》み込《こ》んで、

「なんでそんなことするのよ！　センセのいけず！」

顔を真っ赤にしながら、ぷくりと頬《ほお》を膨らませて怒る彩世さん。

その姿はとても可愛らしい。

そんな彼女は、やはりマッチングアプリで出会った恋人候補のさくらんさんではなく、あくまで俺の可愛い生徒であり、時には俺をからかってくる恋愛の先生——俺が担任をしている月島高校2年B組、出席番号二番の彩世咲来だ。

俺は自分に言い聞かせるように、何度も心の中で、そう呟《つぶや》いていた。

END

あとがき

ここ数年、ソーシャルゲームのシナリオや漫画の原作、アニメ関係の仕事などが多く、ライトノベルから離れていたこともあって、初めましての方も多そうな気がします。

初めましての方は初めまして、お久しぶりの方はお久しぶりです。箕崎准《みさきじゅん》です。

本当にこの数年、いろいろな仕事をしたのですが、新型コロナの流行もあって一日家で過ごすことも多く、「出会い」にはあまり恵まれませんでした。

変わらない日常、繰り返す同じ毎日。ループものよりも差違がない日々に、正直、飽き飽きしていました。その要因となった新型コロナも落ち着いてきた頃に僕が出会ったのが、本作品の題材にもなっている「マッチングアプリ」です。

「マッチングアプリ」を始めたことで僕の人生は激変。

何をやっても上手くいくようになりました。若くて美人の妻も手に入れましたし、「マッチングアプリ」のおかげで、運命の歯車が全てかみ合ったのです!

妻帯者だというのに、次々に女性も寄ってきます。モテまくりの勝ちまくり。札束のお風呂に入れるくらいにお金持ちにもなれました。

本作品はそのお裾分け《すそわ》になります——なんてことはもちろんなく、本当は「教師」と「生徒」の恋を扱った、インモラルなライトノベルが書きたいという気持ちがあり、それを現代向けにする上で、何か押し出す要素はないかと考えたところで、辿《たど》り着いたのが「マッチングアプリ」でした！

もちろん経費で「マッチングアプリ」を使って婚活しようだなんて、邪《よこしま》な気持ちで書いたんじゃありません……本当だよ！

それはそうと、この作品を書く上で思い出したことなのですが、昔、『ラブプラス』というゲームがありました。わからない方には、現実寄りの「恋愛シミュレーションゲーム」と説明すればいいでしょうか。かなり昔のことなので記憶も朧気《おぼろげ》なのですが、僕はそれをプレイした結果、あまりの面倒臭さにうんざりして、投げ出したんですよね。

自分を研鑽《けんさん》し、小まめに連絡とったり、プレゼントをしたり。しかも「リアルタイムモード」だと、リアルの時間と連動――日常がデジタルの彼女に侵食されていく！

相手するの、マジめんどい！

でも、現実の恋愛も似たようなものだよなあ……ならもう、現実の恋愛をした方が良くね？という結論に何故か達し、『ラブプラス』の代わりのゲームをプレイするかのごとく、リアルの恋愛に向き合うようになりました。

結果、彼女が出来たのです！

とはいえ、その子とは数ヶ月で別れることになったのですが。

『ラブプラス』、最後までプレイする前に投げちゃったし、付き合ってから何をすればいいのかよくわからなかったので、仕方ないよね！

ちなみにこの話は冗談ではなくて本当です。

でまあ、結果的に上手くはいかなかったにしても、ゲームに背中を押されるような形で、現実の恋愛と向かい合い、成果を出せたのは、間違いないこと。

それでゲームあれ、ライトノベルという形であれなんであれ、僕がそうであったように、他の誰かに影響を与える作品をつくれるのではないか？　というのも、この作品を書くモチベーションの一つになっています。

とはいえ物語というのは、一度しかない自分の人生とは別の人生を歩むというシミュレーションでもありますし、ただの娯楽でもあります。

恋人や配偶者がいる方を含め、どのような方でも普通に楽しめるのは当然。

ただその上で、作品の一面として、誰かの背中を押すことが出来て、結果、上手くいくようなことがあれば、それはとても嬉しいなって。もちろん本作品のキャラクターたちのことも愛していただけると、なによりなのですが（笑）

みんな、恋をしよう！

もちろんキャラへのガチ恋も大歓迎です！

さてさて紙面が尽きてきたので、謝辞に移らせていただきます。

恋しちゃいそうなくらいにかわいい咲来《さくら》や、美優《みゆ》たちのイラストを描いていただいた塩こうじ先生、本当にありがとうございます！

いろいろとマッチングアプリについての相談にも乗ってくださった担当のみっひーさん。他、マッチングアプリを使っていたり、それで恋人が出来たという話を聞かせてくれた友人・知人たち。「高校生の頃、先生のこと好きになったりした？」「年の離れた恋人って、ＪＫの時にどう思ってた？」「彼氏が社会人ってアリだった？　社会人付き合ってる友達とかいた？」みたいなメチャクチャな質問を女性にして、その場にいた男性陣含め「お前、ＪＫに恋してるんか？」みたいにドン引きされたこともありました。

他にもそんないろいろと痛々しい取材の上で、この作品は成立しています。それについては、また何かの機会で書ければいいなと。

続けて、この作品を出版する上で、それぞれ尽力してくださった関係者の皆様。

最後になりましたが、この書籍を購入してくだり、この文章を読んで下さっている読者の皆様にも感謝を。本当にありがとうございました！

現在構想中の二巻はもちろんのこと、他、様々な媒体で、いろいろな作品をこれからも発表していくと思います。どこかで見かけた時には、作品に接してくだされば嬉しいです。

それではまた、どこかでお会いしましょう！

２０２４年３月　箕崎准

ファンレター、作品の
ご感想をお待ちしています

〈あて先〉

〒105－0001
東京都港区虎ノ門2－2－1
SBクリエイティブ（株）
GA文庫編集部 気付

「箕崎 准先生」係
「塩こうじ先生」係

本書に関するご意見・ご感想は
右のQRコードよりお寄せください。

※アクセスの際や登録時に発生する通信費等はご負担ください。

https://ga.sbcr.jp/

マッチングアプリで出会った彼女は俺の教え子だった件

発　行　2024年4月30日　初版第一刷発行
著　者　箕崎 准
発行者　出井貴完

発行所　SBクリエイティブ株式会社
〒105-0001
東京都港区虎ノ門2-2-1

装　丁　AFTERGLOW

印刷・製本　中央精版印刷株式会社

ISBN978-4-8156-1576-5
Printed in Japan　GA文庫